# PREGÚNTALE A ALICIA

Título original: *Go Ask Alice*
© 1971, by Simon & Schuster, Inc.
© Copyright renewed 1999 by Simon & Schuster, Inc.
   Published by arrangement with Simon & Schuster Books for Young Readers,
   an imprint of Simon & Schuster Children's Publishing Division
© De la traducción: Teresa Pàmies
© De esta edición:
Santillana Ediciones Generales, S.L.
Torrelaguna, 60. 28043 Madrid (España)
Teléfono 91 744 90 60
www.puntodelectura.com

ISBN: 978-84-663-1912-6
Depósito legal: M-11.169-2012
Impreso en España – Printed in Spain

Diseño de portada: Cedoble

Primera edición: noviembre 2007
Segunda edición: abril 2009
Tercera edición: enero 2010
Cuarta edición: febrero 2011
Quinta edición: marzo 2012

Impreso por **blackprint**
A CPI COMPANY

# PREGÚNTALE A ALICIA

### Anónimo

Traducción de Teresa Pàmies

punto de lectura

*Pregúntale a Alicia* se basa en el auténtico diario de una muchacha de quince años adicta a las drogas.

No es una declaración definitiva sobre el mundo de la droga de los adolescentes de la clase media. Tampoco ofrece ninguna solución.

Sin embargo, es una crónica específica y sumamente personal. Como tal, esperamos que conduzca a los entresijos del mundo en que vivimos, cada vez más complicado...

Han sido modificados nombres, fechas, lugares y ciertos acontecimientos a petición expresa de los afectados.

Los editores

# Índice

# Primer diario

*Septiembre 16*

Recuerdo que ayer me consideraba la persona más feliz de la tierra, de la galaxia, de todo lo creado por Dios. ¿Fue sólo ayer o lo sentí hace muchos, muchos años? Me parecía que la hierba nunca había olido tanto a hierba; que el cielo jamás estuvo tan alto. Ahora, todo se derrumba sobre mi cabeza, quisiera diluirme en la atmósfera del universo y dejar de existir. ¡Oh! ¿Por qué, por qué no me evaporo? ¿Cómo podré mirar frente a frente a Sharon, a Debbie y a los demás chicos y chicas? ¿Cómo? A estas horas la noticia debe de haberse extendido por toda la escuela. Estoy segura. Ayer compré este Diario porque creí, por fin, tener algo digno de ser contado, algo grande y maravilloso; algo tan íntimo que no podría compartirlo con ningún otro ser humano. Sólo conmigo. Y ahora, como todo lo demás en mi existencia, resulta que no es nada, absolutamente nada.

Realmente no comprendo cómo Roger pudo hacerme esto, a mí, precisamente a mí que lo he amado desde que tengo uso de razón; que esperé toda mi vida a que se dignara mirarme. Ayer, cuando me pidió que saliéramos juntos, pensé que iba a morirme de felicidad. Y así fue. Ahora el mundo es frío, gris e insensible. Mi madre anda refunfuñando para que limpie mi cuarto. ¿Cómo puede regañarme así, ordenarme que arregle la habitación cuando me siento morir? ¿No podré estar nunca a solas con mi alma?

Diario: tendrás que esperar hasta mañana o me largarán otra vez el rollo sobre mi actitud, mi falta de madurez, etcétera. ¡Hasta luego!

*Septiembre 17*

La escuela ha sido hoy una pesadilla. Tenía miedo de encontrarme con Roger en cada rincón del vestíbulo y, sin embargo, temía desesperadamente no verlo. Decía para mí: «Debió ocurrir algo y él lo explicará». A la hora de comer tuve que decir a las chicas por qué no aparecía. Fingí que no me importaba pero, ¡oh, Diario!, ya lo creo que me importa. Tanto me afecta que siento como si dentro de mí todo se hubiera hecho trizas. ¿Cómo puedo sentirme tan miserable, turbada, humillada, apaleada, y hablar todavía, funcionar, sonreír y concentrarme? ¿Cómo pudo hacerme esto Roger? Yo no le haría daño a una mosca. No podría lastimar a nadie ni física ni emocionalmente. ¿Cómo, entonces, puede lastimarse la gente con tanta saña? Incluso mis padres me tratan como si fuera una estúpida, un ser inferior y sin remedio. Me imagino que siempre defraudaré. Seguramente no estoy a la altura de lo que quisiera ser.

*Septiembre 19*

Aniversario de papá. Nada especial.

*Septiembre 20*

Hoy es mi aniversario. Tengo quince años. Nada.

*Septiembre 25*

Querido Diario:

Hace casi una semana que no escribo porque no me ha ocurrido nada interesante. Los viejos y necios maestros de siempre, enseñando las viejas necedades de siempre en la vieja y necia escuela de siempre. Tengo la impresión de estar perdiendo interés por todo. Al principio creí que la escuela de bachillerato sería divertida, pero es un aburrimiento. Todo es aburrido. Tal vez se deba a que estoy creciendo, a que la vida se va volviendo más asquerosa. Julie Brown celebró una fiesta, pero no fui. He engordado más de tres kilos; tres feos, grasientos, torpes, babosos kilos, y sin nada que ponerme. Empiezo a tener un aspecto tan fofo como mi estado de ánimo.

*Septiembre 30*

¡Maravillosas noticias, Diario! Nos mudamos de casa. Papá ha sido solicitado como decano de la facultad de

Ciencias Políticas en ——. ¿No es excitante? Tal vez ahora las cosas sean como antes, como cuando yo era más joven. Tal vez mi padre vuelva a dar clases en Europa cada verano, y entonces, como solíamos, iremos con él. ¡Oh, qué tiempos más divertidos aquellos! Voy a ponerme a régimen. Cuando nos mudemos de casa seré otra persona. Ni un mordisco más al chocolate, ni una patata frita volverá a cruzar mis labios hasta que no haya perdido cinco kilos de redondeces y de bultos de grasa. Voy a renovar completamente mi vestuario. ¿Qué me importa el ridículo Roger? Confidencialmente te diré, Diario, que todavía me importa. Supongo que le amaré siempre, pero antes de que nos vayamos, cuando yo esté más delgada, y mi piel, ahora fofa, sea tersa como el raso y los pétalos de rosa, cuando tenga vestidos como de maniquí, entonces me pedirá que salga otra vez con él. ¿Voy a darle calabazas, dejarlo colgado, o —me temo que sí— seré débil y me iré con él?

¡Oh, por favor, Diario, ayúdame a ser fuerte y firme! Ayúdame a hacer gimnasia cada mañana y noche, a limpiar mi cutis, a comer debidamente, a ser optimista y agradable, y positiva y risueña. ¡Quisiera tanto ser alguien importante, o, sencillamente, que de vez en cuando me invitase algún muchacho! Tal vez la nueva «yo» sea diferente.

*Octubre 10*

He adelgazado kilo y medio y estamos tratando de organizar el traslado. Nuestra casa ha sido puesta en

venta y papá y mamá han ido a buscar vivienda en ——.
Yo estoy aquí con Tim y Alexandria y, aunque no lo creas,
no me molestan en absoluto. Todos estamos excitados
con la mudanza y hacen lo que les ordeno, me ayudan en
la casa, las comidas y lo demás... o casi. Supongo que papá va a tomar posesión de su nuevo cargo antes de que
acabe el curso. Está ilusionado como un muchacho con
zapatos nuevos, y todo se parece a los viejos tiempos.
Nos sentamos alrededor de la mesa, reímos, bromeamos
y, juntos, hacemos proyectos. ¡Es formidable! Tim y Alex
insisten en que quieren llevarse todos sus juguetes y
cachivaches. Personalmente, me gustaría tenerlo todo
nuevo, excepto mis libros, claro: son parte de mi vida.
Cuando me atropelló un coche y permanecí tanto tiempo escayolada, me habría muerto sin ellos. Incluso ahora
no sé, exactamente, lo que en mí es mío y qué parte he
sacado de los libros. Pero, de todos modos, ¡es formidable! La vida es realmente fantástica, magnífica, estimulante; estoy impaciente por ver qué hay a la vuelta de la
esquina y de todas las esquinas futuras.

*Octubre 16*

Papá y mamá han regresado hoy. ¡Hurra, tenemos
casa! Es un gran caserón de estilo español, y a mamá le
ha encantado. ¡No puedo aguantarme! ¿Cuándo nos
mudamos? No puedo esperar. No puedo. Hicieron fotos y estarán listas dentro de tres o cuatro días. No puedo esperar, no puedo. ¿Que ya lo he dicho un millón de
veces?

*Octubre 17*

Hasta la escuela me parece de nuevo apasionante. He tenido «A» en álgebra y en todo lo demás tendré «A» y «B». Lo peor es el álgebra. Si paso en esto, lo demás no me preocupa. Generalmente puedo considerarme afortunada con una «C», incluso cuando me mato de tanto estudiar. Pero parece como si al ir bien una cosa todo lo demás tuviera que ir igualmente bien. Incluso me llevo mejor con mamá. Ya no me regaña tanto. No puedo precisar cuál de las dos ha cambiado. Realmente, no puedo. ¿Me estoy comportando como la persona que ella quisiera ver en mí para no tener que estar siempre recordándomelo, o es que ella misma es menos exigente...?

Incluso he visto a Roger en el vestíbulo; ya no me interesa, en absoluto. Dijo: «hola» y se detuvo para hablarme, pero yo, sencillamente, pasé de largo. Ya no me sorberá más el seso. ¡Vamos! Ya sólo falta poco más de tres meses.


*Octubre 22*

Scott Lossee me ha invitado a ir al cine el viernes. He perdido casi cinco kilos, pero todavía me gustaría perder otros tantos. Mamá dice que yo no puedo estar tan flaca, pero ella no sabe. Yo sí sé. Yo sí. No he probado un dulce desde hace tanto tiempo que he olvidado su sabor. A lo mejor, el viernes por la noche vamos a una tasca y me como unas fritangas. ¡Hummmm...!

*Octubre 26*

Ir al cine, con Scott, fue divertido. Al salir fuimos a comer seis maravillosas, deliciosas, sabrosas, deliciosas, celestiales fritangas. ¡Aquello era vida! No siento por Scott lo que sentía por Roger. Supongo que ha sido éste mi único y gran amor, pero celebro que todo haya terminado. Imagínate: en mi primer año de bachillerato y con quince de edad, y terminó para siempre mi único y gran amor. En cierto modo parece algo trágico. Tal vez un día, cuando ambos vayamos a la universidad, nos encontremos de nuevo. ¡Ojalá! Realmente, lo deseo. El verano pasado, en el guateque de Marion Hill, alguien trajo un ejemplar de la revista *Playboy*, que llevaba una historia sobre una muchacha que se acostó por primera vez con un muchacho, y lo único que se me ocurrió fue pensar en Roger. Ni siquiera deseo relación sexual con ningún otro chico en el mundo, nunca, jamás. Juro morir virgen si Roger y yo no nos juntamos. No podría soportar que otro chico llegara a tocarme. Ni siquiera estoy segura de permitírselo a Roger. Tal vez más tarde, cuando sea mayor, me sentiré distinta. Mi madre dice que a medida que una chica crece, las hormonas invaden nuestras venas aumentando nuestro deseo sexual. Supongo que yo crezco despacio. He oído contar algunas historias salvajes sobre ciertas chicas de la escuela, pero yo no soy como ellas, yo soy yo y, además, eso del sexo parece algo tan extraño, tan inconveniente, tan inoportuno...

Pienso en nuestro profesor de cultura física enseñándonos danza moderna y diciéndonos, constantemente, que así nuestros cuerpos se harán fuertes y sanos para la maternidad. Luego, parece como si tocara el arpa y dice que todo ha de ser gracioso, gracioso, gracioso. No concibo que el sexo o llevar un bebé en el vientre sean algo gracioso. Debo irme. Hasta pronto.

*Noviembre 10*

Oh, querido Diario: siento haberte tenido tan abandonado, pero estuve muy ocupada. Aquí me tienes, preparando ya la fiesta de Acción de Gracias y, luego, la Navidad. La semana pasada vendimos la casa a los Dulburrows y sus siete críos. Yo bien habría deseado vendérsela a una familia menos numerosa. Me da rabia pensar en esos siete chicos subiendo y bajando por nuestra hermosa escalinata, con sus dedos sucios y pegajosos sobre los muros y sus mugrientos pies sobre la moqueta blanca de mamá. Cuando pienso en cosas así, de repente, no quiero irme. Tengo miedo. He vivido en esta habitación todos mis quince años, todos mis 5.530 días. He reído y he llorado; he gemido y he refunfuñado en este cuarto. He amado gente y objetos y los he odiado. Ha sido una parte enorme de mi vida, de mí misma. ¿Seremos los mismos cuando nos encerremos entre otras paredes? ¿Tendremos distintos pensamientos y diferentes emociones? ¡Oh, mamá, papá!, tal vez cometamos un error; quizá dejemos atrás demasiado de nosotros mismos.

Querido y precioso Diario: te estoy bautizando con mis lágrimas. Sé que debemos irnos y que algún día tendré que dejar incluso el hogar de mis padres para formar el mío. Pero siempre te llevaré conmigo.

*Noviembre 30*

Querido Diario:

Siento no haber hablado contigo el día de Acción de Gracias. ¡Fue tan agradable! Los abuelitos estuvieron dos días con nosotros y evocamos los viejos tiempos, sentados sobre el suelo de la sala. Papá ni siquiera fue a su despacho en todo ese tiempo. La abuelita nos hizo caramelo espumoso, como nos solía hacer cuando éramos pequeños. Incluso papá se chupó los dedos. Todos nos reímos mucho, y Alex se llenó el pelo de caramelo y al abuelito se le atascó en la dentadura postiza y casi nos pusimos histéricos de tanto reír. Sienten mucho que nos mudemos tan lejos de ellos; nosotros también lo lamentamos. El hogar, sin los abuelitos de vez en cuando, no será el mismo. Realmente, espero que papá haya acertado al decidir el traslado.

*Diciembre 4*

Querido Diario:

Mamá no quiere que siga haciendo régimen de adelgazamiento. Entre nosotros, te diré que eso no es asunto suyo. Es cierto que las dos últimas semanas he tenido un resfriado, pero yo sé que no lo provocó la dieta. ¿Cómo puede ser tan estúpida e irracional? Esta mañana, como de costumbre, yo estaba tomando la mitad de un pomelo como desayuno, y me obligó a comer una rebanada de pan candeal, un revuelto de huevos y un trozo de tocino. Probablemente todo esto tenga cuatrocientas calorías, tal vez seiscientas o setecientas.

No sé por qué no ha de dejarme vivir mi vida. A ella no le gusta verme como una vaca, a nadie le gusta, ni a mí misma. Me pregunto si no debería meterme el dedo en la garganta después de cada comida, a fin de vomitarla. De nuevo me obliga a cenar, precisamente cuando había bajado de peso hasta casi el que yo quería y ya no tenía que combatir los calambres del hambre. ¡Oh, qué problema son los padres! Ésta es una cuestión, Diario, de la que no debes preocuparte; sólo yo. Me imagino que no has tenido suerte conmigo. No soy ninguna ganga.

*Diciembre 10*

Cuando te compré, Diario, iba a escribirte religiosamente todos los días, pero a veces no pasa nada digno de ser escrito, y otras veces estoy demasiado ocupada, demasiado aburrida, demasiado enfadada, demasiado preocupada o demasiado yo misma para hacer algo que no sea obligatorio. Supongo que soy una amiga bastante asquerosa, incluso contigo. De todos modos, me siento más cerca de ti que de Debbie, de Marie o de Sharon, que son mis mejores amigas. Incluso con ellas no soy realmente yo misma. En parte soy otra; tratando de encajar, de decir cosas apropiadas, de hacer las cosas requeridas, de estar en el lugar más indicado, de vestir como visten todos. A veces pienso que cada uno trata de ser la sombra de otro; compramos los mismos discos y hacemos como los demás, aunque no nos guste. Los chicos son como robots, piezas en línea para el montaje, y yo no quiero ser un robot.

## Diciembre 14

Acabo de comprar, como regalo de Navidad para mi madre, el más maravilloso de los broches de una sola perla. Me ha costado nueve dólares y cincuenta centavos, pero los vale. Es una perla de cultivo, lo cual quiere decir que es auténtica. Se parece a mamá. Suave y brillante, pero sólida y resistente en su interior, confío en que no parecerá fuera de lugar. ¡Oh, espero que le guste! ¡Quisiera tanto que le gustara y que, por la perla, le gustara yo! Todavía no sé qué comprarles a Tim y a papá, pero es más fácil comprar para ellos. A papá me gustaría regalarle un bonito plumero dorado, para que lo coloque sobre el nuevo escritorio de su flamante despacho, y que le hiciera pensar en mí cada vez que lo viera, incluso en medio de conferencias tremendamente importantes con todos los cerebros que rigen en el mundo; pero, como de costumbre, no puedo permitirme más que una fracción de las cosas que quiero.

## Diciembre 17

Lucy Martin va a celebrar una fiesta navideña, y yo debo aportar una ensalada a base de gelatina. Al parecer será muy divertida (así lo espero). Me he hecho un nuevo vestido de lana blanca y esponjosa. Mamá me ayudó y es realmente bonito. Espero que un día pueda coser tan bien como ella. Es más: espero que algún día llegue a ser como ella. Me pregunto si ella, a mi edad, se inquietaba por no gustar a los chicos y ser amiga a medias de las chicas. Me pregunto si entonces los chicos eran tan sensuales como ahora. Por lo que dicen las chicas al hablar de nuestras parejas, ahora todos los muchachos son así. Ninguna de mis amigas ha ido hasta el fin, pero imagino que muchas otras chicas de la escuela sí llegaron. Me gustaría hablar con mi madre sobre estas cosas, porque verdaderamente no creo que muchas chicas sepan de qué hablan, al menos no puedo creerme todo lo que cuentan.

*Diciembre 22*

La fiesta de los Martin fue divertidísima. Dick Hill me trajo luego a casa. Tenía el coche de su padre y dimos una vuelta por la ciudad, vimos las iluminaciones y cantamos villancicos. Todo esto parece cursi, pero no lo fue. Al llegar a casa me besó, deseándome buenas noches, y eso fue todo. Me puse algo nerviosa, pues no sé si es que no le gusto o, sencillamente, que me respeta. Pase lo que pase, no puedo estar segura de nada. A veces me gustaría salir con algún chico, así sabría que tengo pareja, alguien con quien hablar, pero mis padres no creen en esto, y además, confidencialmente, nadie se ha interesado por mí. A veces pienso que nunca interesaré a nadie. La verdad es que los chicos me gustan enormemente, alguna vez creo que incluso me gustan demasiado, pero no soy popular. Desearía ser popular y hermosa, rica y con talento. ¿No sería formidable ser así?

## Diciembre 25

Es Navidad. Maravillosa, magnífica, feliz, santa Navidad. Soy tan dichosa que apenas puedo contenerme. Me han regalado libros y discos, una falda que me encanta y muchas chucherías. Y a mamá le encantó el broche. ¡Le gustó de verdad! ¡La embelesó! Se lo puso inmediatamente sobre su vestido de fiesta y lo llevó todo el día. ¡Oh, estoy tan contenta de que le haya gustado! Los abuelitos estuvieron aquí, y el tío Arthur y la tía Jeannie con los críos. Fue algo formidable. Creo que la Navidad es la mejor época del año. Todo el mundo se siente afectuoso y seguro, y necesitado y querido (incluso yo). Ojalá fuese siempre así. ¡Qué rabia pensar que el día termina! No sólo porque ha sido un gran día, sino porque será nuestra última festividad en esta adorable casa.

Adiós, querida casita, engalanada con guirnaldas festivas y sagradas, iluminada de vivos colores. Te amo, casa. ¡Te echaré en falta!


## Enero 1

Anoche estuve en la fiesta de fin de año en casa de Scott. Los chicos perdieron los estribos. Algunos empinaron el codo en exceso. Yo me vine temprano, excusándome con que no me encontraba bien; pero la verdad es que tengo tal ansiedad porque nos mudamos dentro de dos días, y esto hace que yo no sea yo. Estoy segura de que no pegaré ojo durante las dos noches que faltan.

Piensa, Diario, que nos trasladamos a un nuevo hogar, una nueva ciudad, un nuevo distrito y un nuevo Estado, todo a la vez. Mamá y papá conocen unas cuantas personas de la facultad y, al menos, han tenido ocasión de conocer la nueva casa. Yo he visto fotos, pero sigue pareciéndome extraña, grande, fría y de mal agüero. Deseo que me guste y que se adapte a nosotros.

Francamente, no me atrevería a decírselo a nadie más que a ti, Diario, pero no estoy muy segura de abrirme paso en una nueva ciudad. Apenas lo he conseguido aquí, donde conozco a todos y todos me conocen. Ni siquiera me he permitido pensar en ello, pero, realmente, la nueva situación no me ofrece gran cosa. Oh, Dios, ayúdame a adaptarme, ayúdame a ser aceptada, ayúdame a ser parte; no permitas que me excluyan de la sociedad, que sea un lastre para mi familia. Ya estoy otra vez lloriqueando. ¡Otra vez! ¡Qué lata!, pero no puedo remediarlo. Es todo lo que puedo hacer ante la idea del traslado. Ya estás mojado otra vez. Menos mal que los Diarios no se resfrían.

*Enero 4*

Ya hemos llegado. No son más que la una y diez del 4 de enero, y Tim y Alex ya se han peleado, y mamá o tiene el estómago revuelto o está trastornada por tanto jaleo; sea lo que sea, papá tuvo que parar dos veces el coche para que ella pudiera vomitar. Algo va mal y las luces no funcionan; creo que incluso papá estuvo tentado de dar media vuelta y regresar a casa. Mamá había hecho un croquis indicando dónde quería que los empleados de la empresa de mudanzas colocaran las cosas, pero ellos lo han enredado todo. De modo que nos disponemos a desenrollar las mantas y dormir en la cama que esté más a mano. Me alegra haber traído mi pequeña linterna de bolsillo, al menos veo para escribir. Confidencialmente: la casa tiene un aspecto muy raro y fantasmal, pero tal vez es porque no tiene cortinas ni nada. Quizá mañana se vea todo más alegre. Verdaderamente, no podía tener peor aspecto.

*Enero 6*

Perdona por no haber escrito los dos últimos días, pero no hemos parado. Todavía no hemos terminado de colocar las cortinas, de abrir las cajas y paquetes y sacar las cosas. La casa es hermosa. Las paredes son de madera recia y oscura y hay dos escalones que conducen a la sala de estar. He pedido perdón a cada habitación por lo que anoche pensé de ellas.

Sigo preocupada con la escuela, y HOY debo asistir. Me habría gustado que Tim tuviera que frecuentar la escuela de bachillerato. Incluso un hermanito pequeño sería mejor que nadie, pero apenas está en su segundo de primaria. Ya ha conocido por la calle a un chico de su misma edad y esto debería alegrarme, pero no me alegra: me entristece. Alexandria todavía va a la escuela primaria; uno de sus maestros vive cerca de aquí y tiene una hija de la misma edad, de modo que al terminar sus clases irá directamente a la casa de ellos. ¡Qué suerte poder hacerse con amigos y con todo! Para mí, como siempre: nada. Un inmenso nada, y probablemente es lo único que merezco. ¿Irán vestidos como en casa los chicos de mi escuela? Espero que no sea tan distinta a ellos como para que se queden mirándome todos. ¡Oh, cómo me gustaría tener una amiga! Pero será mejor fingir una gran sonrisa, mamá me está llamando y debo contestar con una «actitud que determinará mi actitud».

Uno, dos, tres: allá va la mártir.


*Enero 6, noche*

¡Oh, Diario, ha sido algo horroroso! Es el sitio más solitario y más frío del mundo. Durante el interminable día no me ha dirigido la palabra ni una sola persona. A la hora del almuerzo me fui corriendo a la enfermería y dije que me dolía la cabeza, luego falté a mi última clase, me fui al *drugstore* y pedí un chocolate, dos raciones de patatas fritas y un Hershey Bar gigante. La vida debe de tener algo digno de ser vivido. Mientras comía me odiaba por ser tan infantil. Estoy tan lastimada porque pienso que, probablemente, yo hice lo mismo a todos los nuevos alumnos que llegaron a mis anteriores escuelas: ignorarlos totalmente o mirarlos como a bichos raros. De modo que ahora soy yo la que recibe desaires, y supongo que lo tengo merecido, pero, ¡cómo me duele! Me duelen hasta las uñas de las manos y los pies, incluso las raíces de mi pelo.

## Enero 7

La cena de anoche fue algo atroz. Alex adora su nueva escuela y a su amiguita Tricia. Tim se vino en autobús con el chico del vecino y es el tercero en su clase; dice que las muchachas son más monas que las de la antigua escuela y que todas se pirran por él, pero siempre es así cuando un chico nuevo entra en una escuela. Mamá asistió a un té y encontró que todo el mundo es «encantador, hermoso y agradable» (¡qué bien!). Bueno, pues yo como aceite sobre agua: no consigo adaptarme ni encajar del todo. Observando a mi familia, a menudo me parece que yo debo ser una intrusa. ¿Cómo puedo ser tan birria si pertenezco a un medio social tan elástico, amistoso y sociable? El abuelito anduvo metido en política y siempre fue el candidato favorito, con la abuelita viajando a su lado. ¿Qué me pasa a mí? ¿Será un atavismo? ¿Una inadaptada? ¡Un error!

## Enero 14

Ha transcurrido una semana entera y nadie ha ido más allá de lanzarme una mirada curiosa, hostil. «¿Qué haces aquí?», o algo por el estilo. He tratado de enterrarme en mis libros, en mis estudios y en mi música, fingiendo que lo demás me importaba un pito. Supongo que, realmente, no me importa mucho y, además, qué más da que me importe o no. He engordado dos kilos y medio y también me tiene sin cuidado. Mi madre está preocupada por mí, ya lo sé, porque me he vuelto tan callada, pero ¿de qué hablar? Si aplicara su lema y regla: «si no puedes decir algo agradable es mejor que no digas nada», yo no abriría la boca más que para comer. Y así ha sido con frecuencia.

### Febrero 8

Bueno, he engordado lo menos siete kilos desde que llegamos aquí. Mi rostro es un desastre, y mi pelo es tan viscoso y grasiento que debo lavarlo todas las noches para que se vea decente. Papá no está nunca en casa, y a mamá la tengo siempre encima: «Sé dichosa, péinate; sé positiva, sonríe, muestra buen humor, sé amistosa», y si me dicen otra vez que me comporto de manera negativa e inmadura, voy a vomitar. No puedo ponerme ninguno de los vestidos que me hice antes de venir, y sé que Tim se avergüenza de mí. Cuando estoy entre sus amistades me trata como a un trapo, me insulta y se mete con mi pelo de *hippy*. Estoy hasta la coronilla de esta ciudad, de esta escuela en general, de mi familia y de mí misma en particular.

### Marzo 18

Bueno, por fin encontré una amiga en la escuela. Es tan patosa y tan inadaptada como yo. Pero supongo que debe ser verdad aquello de que «Dios los cría y ellos se juntan». Una noche, Gerta vino a buscarme para ir al cine y mi familia la recibió de uñas. Imagina a mi sufrida y empalagosa mamá tratando de pronunciar una leve frase sobre mi mal vestida amiga, doña nadie. ¿Por qué no miró dos veces a su mal vestida y doña nadie de hija? Sería pedirle demasiado a la bien criada, esbelta, encantadora esposa del gran profesor que dentro de unos años puede ser el director de la escuela.

Me di cuenta de cómo escurrían el bulto, aunque yo lo he estado escurriendo desde que llegamos a este inexpugnable agujero.

*Abril 10*

Oh, qué felicidad, qué alegría y alborozo: mamá me ha prometido que pasaré el verano en casa de la abuelita. A partir de hoy, a partir de este minuto, me pongo de nuevo a régimen de adelgazamiento. Por supuesto, como siempre, mamá ha puesto una pequeña condición: debo recuperar mis buenas notas.

*Abril 20*

La escuela casi termina; dos meses más y casi no los soporto. Tim está insoportable y mamá me pincha constantemente: «No hagas esto, no hagas aquello; haz esto, haz lo otro; ¿por qué no lo haces?, tú sabes que tendrías que hacerlo; te estás portando otra vez de manera infantil y poco madura». Ya sé que me compara siempre a Tim y a Alexandria, y yo no les llegó ni a la suela de los zapatos. Al parecer, cada familia ha de tener su lacra.

¿A ver si adivinas quién lo es en esta casa? Es natural que haya pequeñas rivalidades, pero las nuestras se desorbitan. Y yo quiero a Tim y a Alex. Les quiero de verdad, pero también tienen muchos defectos, y me resulta difícil determinar si les amo más que les odio o si les odio más que les amo. Y esto se aplica igualmente a papá y mamá. Pero, verdaderamente, creo que todavía se aplica más a mí misma.

*Mayo 5*

Cada uno de los maestros que tengo en este curso es un idiota y un pesado. En cierta ocasión oí decir que es una suerte tener dos buenos maestros que la estimulen a una y la preparen para toda su existencia. Supongo que yo he tenido dos, uno en la maternal y otro en la primaria. ¿Cierto?

*Mayo 13*

Camino de casa, al salir de la escuela, he conocido a otra chica. Vive a tres bloques de nuestro domicilio y se llama Beth Baum. Realmente, es muy agradable. También es algo tímida y, como yo, prefiere los libros a la gente. Su padre es doctor y, como el mío, casi nunca está en casa; su madre, supongo que como todas, siempre está refunfuñando. Si no lo hicieran así, las casas, los jardines, e incluso el mundo, no tendrían el aspecto que tienen. Espero no tener que ser una madre cascarrabias, pero supongo que tendré que serlo, de lo contrario no concibo cómo poder conseguir algo.

*Mayo 19*

Hoy, al salir de la escuela, he ido con Beth hasta su casa. Es una casa adorable y tienen sirvienta de plantilla, día y noche. Beth es judía. Nunca había tenido una amiga judía; no sé por qué, pero siempre las imaginé distintas. No lo comprendo, pues todos somos personas, pero creí que serían... bueno, algo así... Como de costumbre, ni siquiera sé de qué estoy hablando.

Beth es muy concienzuda y se preocupa mucho de sus notas. Por eso hicimos juntas algunos deberes escolares, luego escuchamos discos y nos tomamos unos refrescos sin calorías (ella también quiere adelgazar). Verdaderamente me gusta Beth, y es agradable tener una auténtica amiga pues, confidencialmente, nunca estuve realmente segura de Gerta; siempre quise corregir su gramática y decirle que se fijara más en su vestimenta y en su compostura. Supongo que me parezco a mamá más de lo que yo creía. No es que sea una esnob, nada de eso. Pero la auténtica amistad no puede basarse en la simpatía, ni se crea agarrándose a alguien para no ahogarse. Tiene que basarse en gustos y habilidades afines y, también, sí, en el origen social. ¡Anda, qué contenta estaría mamá de mis pensamientos y aptitud de hoy! Lástima que ya no podamos comunicarnos entre nosotras. Recuerdo que cuando era pequeña podía hablar con ella, pero ahora diríase que hablamos idiomas distintos y las palabras no tienen su justo significado. Ella quiere decir algo y yo le doy otro sentido, o dice cualquier cosa y pienso que está tratando de corregirme, de «levantarme» o de hacerme un sermón; verdaderamente, tengo la sospecha de que no hace nada de esto, simplemente está tanteando y perdiéndose en palabras, como yo. La vida debe ser esto, supongo.

*Mayo 22*

Beth ha venido hoy a estudiar conmigo, y a mamá, papá y los críos les ha gustado. Incluso le pidieron que llamara por teléfono a los suyos para que la dejaran quedarse a cenar con nosotros; después mamá nos llevará al centro comercial, ya que los miércoles las tiendas están abiertas de noche. Corro a cambiarme de ropa; Beth ha ido a buscar sus cosas. La recogeremos por el camino. Ahora he tenido que hacer un alto para dejar sobre el papel toda esta apasionante experiencia. Es algo demasiado tremendo, delicioso y maravilloso para guardármelo dentro.

*Mayo 24*

Beth es una amiga maravillosa. Creo que es la única «mejor amiga» que he tenido desde que era niña. Podemos hablar de todo. Incluso hablamos de religión, y mucho. La fe judaica es muy diferente a la nuestra. Ellos se congregan los sábados y todavía esperan la llegada de

Cristo o del Mesías. Beth adora a sus abuelos y quiere que los conozca. Dice que son ortodoxos y sólo comen carne de un conjunto de fuentes, y productos lácteos de otro. Me gustaría saber más sobre mi religión para poder contárselo a Beth.

*Junio 3*

Hoy, Beth y yo hemos hablado de sexo. Su abuela le dijo que cuando un chico y una chica judíos se casan, si alguien dice que la chica no es virgen y puede demostrarlo, el chico no tiene por qué casarse con ella. Nos preguntamos cómo se podría demostrar exactamente semejante cosa, pero ni ella ni yo lo sabemos. Dijo Beth que prefería preguntárselo a su abuela que a su madre, pero yo, si tuviera que preguntárselo a alguien, se lo preguntaría a mamá, aunque, claro, no lo haré. De todos modos, mi madre no sabe nada de las costumbres judías.

Beth dice que tiene unas pesadillas en que se ve por un largo pasillo, con un hermoso y largo vestido blanco de novia, hay centenares de personas en su boda, y alguien susurrándole al Rabino que ella no es virgen, y el novio dando media vuelta y abandonándola. No la culpo: a mí me pasaría lo mismo. Algún día, cuando ella tenga suficiente aplomo, se lo preguntará a la abuela o a otro. Espero que después me lo cuente, porque también quiero saberlo.

*Junio 10*

Querido Diario:

Pronto finalizará el curso, y ahora no quiero que acabe. ¡Beth y yo nos divertimos tanto! Ninguna de las dos es muy popular entre los chicos, pero a veces Beth tiene que salir con los hijos judíos de los amigos de su madre. Dice que, por regla general, se aburre solemnemente con ellos, y los chicos no le gustan más que ella a ellos, pero las familias judías son así: quieren que sus hijos también se casen con judíos. Una de estas noches, Beth va a concertarme una cita a ciegas con un «buen chico judío», como dice su madre. Beth dice que le encantaría, pues yo no soy judía y el muchacho tendría la impresión de hacerle una faena a su mamá. Creo que, sin conocerlo, ya me gusta el chico.

*Junio 13*

¡Hurra! Acabó la escuela. Pero también me siento algo triste.

*Junio 15*

Beth me encontró un chico llamado Sammy Green. Fue increíblemente pulcro y cortés con mis padres, a fin de conseguir gustarles, y así fue; pero, una vez en el coche, fue todo manos. Los padres son verdaderamente unos jueces pésimos al enjuiciar un carácter. A veces me pregunto cómo pueden ser tan ilusos a su edad. De todos modos, la noche fue verdaderamente estúpida. Sam no me dejó siquiera ver la película tranquilamente. Además, resultó ser un filme asqueroso; Beth y yo nos fuimos a los lavabos de señoras y allí nos quedamos hasta que terminó la proyección. Éramos demasiado conscientes para salir antes, pero como tampoco podíamos pasarnos la noche en los lavabos, finalmente hicimos nuestra gran aparición en el vestíbulo, como si no hubiera pasado nada. Los chicos trataron de discutir sobre la película, pero ambas les ignoramos, y a la película también.

*Junio 18*

Hoy he recibido la espantosa noticia de que Beth tiene que pasar seis semanas en un campamento de verano. Su familia se va a Europa, y han hecho gestiones en un campamento judío para que ella pase todo ese tiempo allí. Me ha partido el alma, y a ella también. Hemos hablado las dos con mis padres, pero fue como si le hubiéramos hablado al viento. No nos oyen, ni siquiera nos escuchan. Me imagino que yo pasaré el verano con los abuelitos, como estaba previsto. Ni siquiera esto me interesa ya.

*Junio 23*

A Beth y a mí sólo nos quedan dos días de estar juntas. Nuestra separación parece como si antecediera a la muerte. Es como si la hubiera conocido toda la vida, pues ella me comprende. Debo admitir que hubo un momento en que, cuando su madre le organizaba salidas con muchachos, yo tuve celos de éstos. Espero que no sea raro que una chica sienta por otra lo que yo siento. ¡Espero que no! ¿Será posible que esté enamorada de ella? Oh, esto sería una idiotez, incluso en mí. Sencillamente, es la amiga más querida que he tenido y que tendré.

*Junio 25*

Se acabó. Beth se va al mediodía. Anoche nos despedimos y lloramos las dos, nos abrazamos como niñas asustadas. Beth está tan sola como yo. Su madre es una gritona y le dice que es infantil y necia. Por lo menos, papá y mamá son simpáticos y comprenden lo sola que voy a estar. Mamá me llevó con ella de compras y me dejó gastar cinco dólares en un medallón dorado con una inscripción grabada en el interior; papá me ha dicho que puedo poner una conferencia telefónica a larga distancia para hablar con Beth. Es realmente decente, y una buena idea de su parte. Tendré que considerarme una chica con suerte.

*Julio 2*

Querido Diario:
Estoy en casa de la abuelita y nunca me había aburrido tanto en toda mi vida. Se habla de un largo y cálido verano y todavía no ha llegado. Creo que voy a perder el

juicio. He leído un libro por día desde que llegué, y ya estoy mortalmente aburrida. Es increíble, pero cuando estaba en la escuela esperaba con ansiedad el día que pudiera quedarme en la cama y gandulear por ahí, gandulear, gandulear y leer, leer, leer, y mirar la tele, y hacer lo que me diera la gana. ¡Oh, agonía mortal! Sharon se mudó de casa, Debbie sale con un chico y Marie está de vacaciones con su familia. Tendré que hacer el sacrificio de quedarme por lo menos una semana antes de pedir regresar a casa. ¿Podré aguantar sin volverme loca?

*Julio* 7

Hoy ha pasado una cosa muy extraña, o por lo menos espero que suceda. Oh, sí, sí, sí. El abuelito y yo fuimos al centro a comprar un regalo para el aniversario de Alex, y mientras estábamos en la tienda llegó Jill Peters. Dijo «hola, tú» y se detuvo para hablarme. No la había visto desde que nos trasladamos; realmente, nunca pertenecí a su pandilla compuesta por gente de postín, pero, pese a esto, dijo que quiere estudiar en la universidad de papá, cuando termine el bachillerato, y añadió que ya no podía soportar la pequeña ciudad provinciana y que quería irse a algún sitio donde pasen cosas de verdad. Yo fingí que en nuestra nueva ciudad éramos muy sofisticados y alegres, pero, en realidad, no veo gran diferencia entre ambas. Creo que, pese a todo, conseguí contarle una hermosa mentira, pues dijo que mañana por la noche recibía a algunos chicos en su casa y que me llamaría para invitarme. ¡Oh, cómo me gustaría que lo hiciera!

*Julio 8*

Oh, Diario, ¡qué dichosa soy, tanto, que podría llorar de felicidad! Ocurrió lo que te dije. Llamó Jill, exactamente a las 10,32. Lo sé porque estaba sentada junto al teléfono con el reloj en la mano, tratando de enviarle señales ESP. Recibe a unos cuantos chicos y chicas para una fiesta de autógrafos, y yo me llevaré mi libro. No será como el que tienen ellos y no contendrá ninguna foto suya, pero tampoco en su libro habrá una mía. Voy a ponerme mi nuevo traje pantalón blanco; ahora debo lavarme el pelo y peinarlo. Verdaderamente se ha puesto muy, muy largo, pero si lo enrollo con latas de jugo de naranja puedo arreglármelo. Espero que tendremos bastantes latas en casa. Es preciso tenerlas, es absolutamente indispensable.


*Julio 10*

Querido Diario:
No sé si debería estar avergonzada o radiante. Sólo sé que anoche viví la experiencia más increíble de mi existencia. Cuando lo expreso en palabras suena algo morboso, pero realmente fue algo tremendo, maravilloso y milagroso.

En casa de Jill los chicos fueron tan afectuosos y naturales, tan a sus anchas que, inmediatamente, me hicieron sentir como en mi propia casa. Me aceptaron como si siempre hubiese sido una de los suyos, y todos parecían contentos y sin prisas. La atmósfera me encantó. Fue estupendo, estupendo, estupendo. Luego, un poco después de mi llegada, Jill y otro chico trajeron una bandeja con refrescos y en seguida se sentaron todos por el suelo, sobre almohadones o enroscados en sofás y sillas.

Jill me hizo un guiño y dijo: «Esta noche jugamos a botón, botón, ¿quién tiene el botón? Ya sabes, el juego que solíamos jugar de pequeños». Bill Thompson, tendido por el suelo junto a mí, se echó a reír. «Sólo que ahora —dijo— es una lástima que alguien deba hacer de niñera.» Le miré y sonreí. No quise parecer demasiado estúpida.

Todos sorbieron sus bebidas lentamente, y cada uno parecía observar al otro. Fijé mis ojos en Jill, suponiendo que debía imitarla.

De repente, comencé a sentir algo extraño en mi entraña, algo como una tempestad. Recuerdo que, desde que habíamos tomado nuestras bebidas, se habían tocado dos o tres discos, y en ese momento todos empezaron a mirarme. Las palmas de mis manos sudaban y noté gotas de humedad en mi cráneo y en la nuca. La habitación me pareció insólitamente silenciosa, y cuando Jill se acercó para cerrar totalmente las persianas de la ventana yo pensé: «Tratan de envenenarme ¿Por qué querrán envenenarme?». Cada uno de los músculos de mi cuerpo se puso tenso, y un extraño sentimiento de aprehensión me envolvió toda, me estrangulaba, me asfixiaba. Al abrir los ojos me di cuenta de que Bill rodeaba mis hombros con su brazo, eso era todo.

«¡Qué suerte la tuya!» —me decía con un tono de voz parecido al que produce un disco puesto a menor velocidad que la adecuada. «Pero no te preocupes. Yo te cuidaré. Harás un buen viaje. Vamos, relájate, gózalo, gózalo.» Acariciaba tiernamente mi rostro y mi nuca, diciendo: «Honradamente: no dejaré que te ocurra nada». De repente pareció como si se repitiera incesantemente, una y otra vez; como un eco muy lento procedente de un espacio cóncavo. Empecé a reír, salvajemente, histéricamente. Me pareció oír la cosa más divertida, lo más absurdo que había oído en mi vida. Luego noté unas formas extrañas moviéndose en el techo. Bill me atrajo hacia sí y recliné mi cabeza en su pecho, sin dejar de mirar el remolino de cambiantes colores, enormes planos rojos, azules y amarillos. Intenté que otros compartieran conmigo aquella hermosura, pero mis palabras salían espesas, húmedas y chorreando o saboreando color. Me incorporé y di unos pasos, sintiendo un leve escalofrío tanto dentro como fuera de mi cuerpo. Quise decírselo a Bill, pero sólo conseguí reír.

Muy pronto, entre cada una de las palabras, se atropellaban los pensamientos. Había encontrado el lenguaje perfecto, auténtico y original: el lenguaje que utilizaron Adán y Eva. Pero, al tratar de expresarlo, las palabras que pronunciaba no tenían nada que ver con mis pensamientos. Perdía, se me escapaba ese objeto maravilloso, incalculable y auténtico, eso que debe ser guardado para la posteridad. Me sentí terriblemente, incapaz de decir una palabra, y caí sobre el suelo, cerré los ojos y la música empezó a absorberme físicamente. Podía olerla y tocarla con la misma precisión que la oía. Nunca había existido nada tan hermoso. Yo era parte de cada uno de los instrumentos. Cada nota tenía carácter, forma y color propios y parecía enteramente autónoma, de manera que yo podía captar y precisar su relación con la composición en su conjunto, antes de que sonara la nota siguiente. Mi mente poseía la sabiduría de los siglos y no había palabras apropiadas para describirlo.

Mis ojos se detuvieron en una revista que estaba sobre la mesa y pude verla en cien dimensiones. Era tan bella que no podía soportarla, y cerré los ojos. Inmediatamente me quedé flotando hacia otra esfera, otro mundo, otro estado. Las cosas se escapaban de mi ser y volvían, privándome del aire, como al descender velozmente en ascensor. No podía distinguir lo real de lo irreal. ¿Era yo mesa, libro, música, o sólo parte de ellos? Pero en realidad no tenía la menor importancia, pues, fuese yo lo que fuese, aquello era maravilloso. Por primera vez en mi vida supe que todo me estaba permitido. Bailaba ante el grupo, interpretando, exhibiéndome y disfrutándolo en todos sus instantes.

Mi sensibilidad alcanzó tal nivel que podía oír la respiración de alguien en el piso de al lado, podía oler a millas de distancia a quien estuviera preparando gelatina de naranja, roja, o verde...

Tras lo que me pareció una eternidad, empecé a desplomarme y la fiesta se disgregaba. Creo haberle preguntado a Jill qué había ocurrido, y ella dijo que diez de las catorce botellas de refresco contenían LSD y que, al igual que en el juego de «botón, botón», nadie sabía cuál le tocaría. ¡Uy, qué contenta estoy de haber sido una de las afortunadas!

La casa de los abuelos estaba a oscuras cuando yo llegué, y Jill me acompañó hasta mi cuarto, me desvistió y me acostó en la cama. Caí en una especie de sueño como el que produce el mareo, envuelta en una sensación de bienestar general, pero con una ligera migraña que, probablemente, era resultado de haber reído tanto y tan intensamente. ¡Qué divertido fue! ¡Qué éxtasis! ¡Fue glorioso! Pero no creo que vuelva a probarlo. He oído contar demasiadas historias espantosas sobre la droga.

Ahora que lo pienso, creo que debí haberme dado cuenta de lo que pasaba. Hasta la tonta más tonta pudo saberlo, pero la fiesta me pareció tan extraña y excitante que, seguramente, ni siquiera oí lo que se decía, o tal vez no quise escuchar. De haberlo sabido, me habría muerto de miedo. Así que me alegro que lo hicieran sin advertirme, pues ahora puedo sentirme libre, honesta y virtuosa porque no tomé yo misma la decisión. Además, la experiencia se acabó por completo y no volveré a pensar en ello.


*Julio 13*

Querido Diario:
Durante dos días he tratado de convencerme de que tomar LSD me convierte en una «adicta a las drogas» y a todas esas cosas vulgares, sucias, despreciables que, según dicen, hacen los chicos que toman LSD y otras drogas. Pero yo soy tan, tan, tan curiosa, que no puedo contener la impaciencia de probar la «hierba», sólo una vez, ¡lo prometo! Es preciso que vea si es todo tan desastroso. Las cosas que he oído contar sobre el LSD fueron,

sin duda, escritas por gente mal informada, gente ignorante como mis padres, quienes, evidentemente, no saben
de qué hablan. Quizá con la «hierba» pase igual. De todas formas, Jill me llamó esta mañana, va a pasar el fin de
semana con unos amigos, pero lo primero que hará el lunes es llamarme por teléfono.

Le dije que lo había pasado «bomba» en su fiesta, y
pareció complacida. Estoy segura de que si se lo insinúo,
Jill se dará cuenta de que quiero probar la «hierba» una
sola vez, sólo una; luego me iría volando a casa y olvida-
ría todo el asunto de la droga, pero es agradable estar
informada, saber cómo son las cosas en realidad. Por
supuesto, no quisiera que alguien supiera que he tomado drogas, y tal vez será mejor que me consiga una de
esas cajitas de metal, como las que tienen los pescado-
res, para encerrarte con candado, Diario mío. No puedo correr el riesgo de que te lea alguien, especialmente
ahora. Pensándolo bien, creo que será mejor que te lleve
conmigo a la biblioteca para buscar información sobre
las drogas. Gracias a Dios está la sección de catálogos,
pues no me atrevería a preguntárselo a nadie. Además,
si voy a primera hora, al abrir la biblioteca, seguramente estaré sola.


*Julio 14*

Camino de la biblioteca me encontré con Bill. Esta
noche me ha invitado a salir con él. Estoy impaciente
por ver lo que pasa. Estoy explorando un mundo totalmente nuevo y ni siquiera puedes imaginar las anchas

41

puertas que se abren ante mí. Me siento como Alicia en el País de las Maravillas. Quizá Lewis G. Carroll también se drogaba.

*Julio 20*

Querido Diario, íntimo, cálido, cercano amigo mío:
¡Qué semana tan fantástica, increíble, agotadora y excitante he tenido! Ha sido lo más grande jamás ocurrido. ¿Recuerdas que te dije que tenía cita con Bill? Bueno, pues, el viernes me introdujo a los «torpedos», y el domingo al «rápido». Ambos son como estrellas galopando en el firmamento, sólo que un millón, un trillón de veces mejor. El «rápido», al principio, daba un poco de miedo, porque Bill tuvo que inyectármelo en el brazo derecho. Recuerdo la rabia que me daban los pinchazos cuando estuve en el hospital, pero ése fue distinto, ahora no puedo esperar, realmente estoy impaciente por probar de nuevo. Con razón le llaman «rápido». Apenas podía controlarme. La verdad es que, aun queriendo, no me habría controlado; pero no quise. Bailé como jamás soñé que podría bailar un ratoncito introvertido como yo. Me sentí en la gloria, libre, suelta, diferente, mejorada; una especie perfeccionada de una distinta especie mejorada. ¡Algo salvaje! ¡Qué hermoso! Fue hermoso, realmente.

Querido Diario:

Anoche el abuelito tuvo una pequeña crisis cardíaca. Gracias a Dios ocurrió cuando yo me disponía a salir y no resultó ser nada serio. La pobre abuelita está loca de inquietud, pero permanece serena, al menos exteriormente. Desde que estoy aquí no me han regañado, y están tan encantados de que yo me divierta y que tenga tantos amigos, que no interfieren en absoluto. Queridas, bondadosas y rectas almitas de mis abuelos. ¡Si supieran lo que está pasando! Se habrían quedado estupefactos.

El ataque que ha sufrido el abuelo sólo significa que tendrá que guardar cama unas semanas, pero yo procuraré no crearles ningún problema, para que no me envíen a casa. Tal vez si ayudo más en los trabajos domésticos lleguen incluso a pensar que me necesitan.

Deseo que nada malo le pase al abuelito. ¡Le quiero tanto! Yo sé que algún día él y la abuelita tendrán que morir, pero espero que tarde mucho, mucho tiempo. ¡Qué raro!, hasta ahora nunca había pensado en la muerte. Supongo que también yo tendré que morir un día. ¿Habrá vida más allá de la muerte? Oh, eso espero. Pero esto es, precisamente, lo que me preocupa. Yo sé que nuestras almas retornan a Dios, pero cuando pienso en nuestros cuerpos enterrados en la oscura y fría tierra, devorados por los gusanos y pudriéndose, apenas puedo soportar la idea. Creo que preferiría ser incinerada, sí, lo preferiría, definitivamente. En cuanto llegue a casa voy a pedírselo a mamá y papá y a los hermanitos: cuando me muera quiero ser incinerada. Lo harán, pues mi familia es maravillosa. Los amo. ¡Qué suerte la mía tener una familia así! Debo acordarme de escribirles de nuevo todos los días. No he sido buena escribiéndoles, pero debo serlo, debo ser mejor. Y creo que voy a decirles que quiero volver a casa, ahora mismo. Quiero alejarme de Bill, de Jill y de los demás. No sé por qué no puedo yo drogarme, aunque sea peligroso, es hermoso y maravilloso; pero sé que no debo, y no me drogaré. Nunca más. Desde aquí prometo solemnemente que, a partir de este día, viviré de tal manera que todos aquellos que conozco estén orgullosos de mí y pueda estarlo yo de mí misma.

*Julio 25*

El abuelito se repone muy bien. Yo he guisado y he limpiado la casa para que la abuelita pudiera estar siempre con él. Lo aprecian, realmente, y yo les aprecio a ellos.

*6 h. 30 m.*

Ha llamado Jill y me ha invitado a una fiesta, pero le dije que debo estar con mis abuelos hasta que mejoren las cosas. Estoy contenta de haber tenido un pretexto para no ir.

## Julio 28

Mamá y papá han llamado por teléfono todos los días desde que el abuelito tuvo la crisis. Me preguntaron si quería volver a casa. Yo quisiera verdaderamente volver, pero tengo la impresión de que debería quedarme por lo menos hasta la semana que viene, para ayudar a los abuelos.

## Agosto 2

Me aburro como una ostra, pero al menos tengo el apoyo moral de la abuelita; y después de todo lo que ella ha hecho por mí en el curso de mi vida, es lo menos que puedo hacer yo, Bill llamó de nuevo y me pidió una cita. La abuelita insiste en que debería salir, de modo que a lo mejor acepto la invitación y salgo con Bill, pero si quiere emprender «viaje» yo me limitaré a cuidarlo.

## Agosto 3

Anoche, en casa de Bill había tres parejas. Su familia había salido de la ciudad y no volvería hasta la una o las dos. Los chicos tomaron «ácido», y como yo había estado tanto tiempo enjaulada decidí que bien podía hacer también un último «viaje». Cuando vuelva a mi casa no tomaré ninguna de estas cosas. Fue algo abismal, mejor todavía que los otros «viajes». No sé por qué cada «viaje» puede ser mejor que el anterior, pero así es.

Durante horas estuve sentada, examinando lo exótico y la magnificencia de mi mano derecha. Podía ver los músculos, las células y los poros. Cada una de sus venitas era fascinante, y mi mente todavía flamea con tanta maravilla.

*Agosto 6*

Bueno pues, ya está: ocurrió anoche. Ya no soy virgen. En cierto modo lo siento, pues de verdad siempre deseé que Roger fuese el primer chico en mi vida, pero está ausente, de visita; además, no lo he visto desde que llegué. De todos modos, a lo mejor se ha convertido en un papanatas estúpido, en un vago idiota.

Me pregunto si el sexo sin «ácido» sería tan excitante, tan maravilloso, tan indescriptible. Siempre creí que era cuestión de un minuto, o que sería un acoplamiento como el de los perros, pero no fue así; en absoluto. Realmente, anoche me costó mucho emprender el «viaje». Me quedé sentada en un rincón, sintiéndome como rechazada, como antagónica, cuando súbitamente ocurrió: deseé bailar alocadamente y hacer el amor. Ni siquiera sospechaba que me atraía Bill. Me parecía una persona agradable y tranquila, que se ocupó de mí cuando necesité su apoyo; de repente, no tuve ningún reparo en tratar de seducirlo, aunque él no necesitaba que le insistieran mucho. Todavía no me parece totalmente real.

Toda mi vida había creído que la primera vez que tuviera relación sexual con alguien sería algo especial, y tal vez doloroso, pero, sencillamente, resultó ser como un desahogo caprichoso y luminoso, trazado para siempre. Todavía no puedo separar totalmente lo real de lo irreal.

Me pregunto si todos los chicos y chicas han tenido relaciones sexuales, pero no, sería tremendamente animal e indecente. Me pregunto hasta qué punto se disgustaría Roger si lo supiera, y mis padres, y Tim y Alex, y los abuelitos. Creo que se mortificarían, pero no más de lo que me mortifico yo.

Tal vez esté realmente enamorada de Bill, pero ahora mismo apenas puedo acordarme de su aspecto. ¡Oh, estoy tan horrorosamente, tan nauseabundamente confusa! ¿Y si he quedado encinta? Oh, cómo desearía tener alguien con quien hablar de todo esto, alguien que me comprendiese. No había pensado en eso del embarazo. ¿Puede ocurrir en la primera vez? ¿Se casará Bill conmigo si me he quedado embarazada o pensará, simplemente, que soy una pánfila facilona que lo hace con todo el mundo? Claro que no se casará conmigo. Sólo tiene quince años. Yo no podría soportar el tener que dejar la escuela como abandoné —— el año pasado. Los chicos no hablaron de otra cosa durante semanas. ¡Oh, Dios mío, por favor, haz que no esté preñada!

Voy a llamar a mamá ahora mismo. Le pediré a la abuelita que compre un billete de avión y mañana regreso a casa. Odio este podrido lugar, odio a Bill Thompson y a toda la tropa. No sé cómo pude mezclarme con ellos, y, sin embargo, me gustó tanto, me creí tan lista cuando me aceptaron. Ahora me siento miserable y avergonzada, como si todo eso no fuera a traerme ningún bien.

*Agosto 7*

Mamá y papá consideran que debería esperar hasta la semana entrante para volver a casa. No pude discutirlo porque, realmente, la abuelita me necesita. Pero mientras tanto ni contestaré al teléfono ni pondré los pies fuera de nuestra propiedad.

*Más tarde*

Ha llamado Jill, pero le pedí a la abuelita que le dijera que no me encontraba bien. Incluso para la abuelita, es evidente que no estoy bien de salud. Vivo entre dudas, aprensiones y temores que nunca pude imaginar siquiera.

*Agosto 9*

El mundo se ha detenido en su órbita. Mi vida acabó por completo. Después de la cena, cuando la abuelita y yo estábamos sentadas en el jardín, oímos unos golpecitos en la parte posterior de la verja y, ¿a ver si adivinas quién era la visita? Roger, su mamá y su papá. Habían regresado aquella tarde y se habían enterado de la enfermedad de mi abuelito, de manera que decidieron pasar un momento a visitarle.

Yo me quedé apabullada. Roger está más guapo que nunca y quise, al verlo, echarme en sus brazos y llorar en su pecho. Pero nos limitamos a un apretón de manos, y yo me fui corriendo a buscar unos refrescos para los visitantes. Luego, después de un rato de conversación, la abuelita me mandó a buscar unas patatas fritas y Roger me siguió. ¿Te imaginas a Roger siguiéndome? Incluso me invitó a salir un poco con él. Quise morirme allí mismo. Luego, cuando estábamos en el jardín, empezó a contarme que el año próximo iría a la escuela militar, hasta estar preparado para la universidad. Me dijo, incluso, que estaba algo asustado al pensar que por vez primera tendría que volar solo; me confió que deseaba ardientemente ser ingeniero aeronáutico y trabajar para crear nuevas técnicas para el viaje aéreo. ¡Tiene algunas ideas maravillosas! Es como leer a Julio Verne, y tiene tantos proyectos para su vida, incluso con eso del ejército y lo demás.

Luego me besó y fue como lo había soñado siempre desde que íbamos a la guardería. Otros chicos me han besado, pero no así, así no. En ese beso hubo afecto, y gusto, y deseo, y respeto y admiración, y cariño y ternura, y simpatía y anhelo. Fue lo más hermoso, lo más maravilloso que me haya ocurrido en mi vida. Pero ahora estoy aquí, asqueada hasta la médula. ¿Qué pasará si se entera de lo que he estado haciendo desde que llegué? ¿Cómo iba a perdonármelo? ¿Cómo podría comprenderlo? ¿Lo comprendería? Si yo fuera católica tal vez podría hacer penitencia, una terrible penitencia para pagar mis pecados. Fui educada en la creencia de que Dios perdonaría los pecados de la gente, pero ¿cómo perdonarme a mí misma? ¿Cómo podría perdonarme Roger?

Oh, terror, horror, tormento interminable.

*Agosto 10*

Roger ha llamado hoy cuatro veces, pero me negué a contestarle. Los abuelitos quieren que me quede unos días más hasta que me encuentre mejor, pero no puedo, sencillamente no puedo mirar a Roger cara a cara mientras no ponga orden en mis ideas. Oh, ¿cómo pude meterme en este berenjenal? ¿Te das cuenta que perdí mi virginidad cuatro noches antes de volver a ver a Roger? ¡Qué ironía más espantosa! Pero incluso sin esto, ¿habría comprendido lo de los «viajes» con «ácido»? ¿Me habría querido después? Antes, realmente no me importaba, pero ahora sí. ¡Y es demasiado tarde!

Necesito hablar con alguien. Debo encontrar a alguien que entienda sobre drogas y hablarle. ¿No podría hablar con alguien de la universidad de papá? Oh, no, no, no, se lo dirían a él y luego me encontraría realmente en un lío tremendo. Tal vez podría decir que estoy escribiendo un trabajo escolar sobre las drogas, algo para mi asignatura de ciencias, pero eso no podría hacerlo hasta que empiecen los cursos. Creo que será mejor que me tome algunas de las píldoras que el abuelito tiene para dormir. Sin ellas no podré pegar ojo. Incluso será mejor que me lleve unas cuantas de reserva. Tiene muchas y estoy segura de que en casa, antes de que todo entre en orden, pasaré unas cuantas noches malísimas. Oh, ojalá sólo fuesen unas cuantas...

*Agosto 13*

Es todo lo que puedo hacer para no llorar. Mamá y papá acaban de llamar para decir que están muy orgullosos de tener una hija como yo. No hay palabras que puedan expresar lo que siento.

*Agosto 14*

La abuelita me acompañó hasta el avión. Cree que Roger y yo nos hemos peleado. Me estuvo diciendo que todo se arreglaría y que este mundo está hecho para que la mujer sea sufrida, paciente, tolerante y comprensiva. ¡Oh, si supiera! Mamá, papá, Tim y Alex vinieron a recibirme y me dijeron que estaba muy pálida y lánguida, pero jamás fueron tan cordiales y encantadores. Es bueno estar en casa.

Debo olvidarlo todo. Debo arrepentirme y perdonarme y empezar de nuevo; después de todo, apenas tengo quince años y no voy a detener la vida ni abandonarla. Además, desde que reflexioné sobre la muerte del abuelito no quiero morir. Tengo miedo. ¿No es horrible e irónico? Tengo miedo de vivir y miedo de morir, como dice el «espiritual» negro.

*Agosto 16*

Mi madre me obliga a comer. Me prepara todos mis platos favoritos, pero apenas los pruebo. Roger me ha escrito una larga carta preguntándome si me encuentro bien, pero no tengo ni la energía, ni la fuerza, ni el deseo de contestarle. Todo el mundo está terriblemente preocupado por mí, y la verdad es que yo estoy terriblemente preocupada por mí misma. Todavía no sé si estoy encinta, no lo sabré hasta dentro de diez o doce días. Oh, ruego a Dios que no lo esté. No dejo de preguntarme cómo pude ser tan idiota, y no hay más respuesta a la pregunta que ésta: soy una idiota. Una estúpida, taruga, insensata, necia, ignorante, idiota.

*Agosto 17*

He consumido las últimas píldoras para dormir que le quité al abuelito y estoy hecha un guiñapo. No puedo dormir y estoy completamente desplomada, mamá insiste en que debe verme el doctor Langley. Tal vez me ayude. Haré lo que sea.

*Agosto 18*

Esta mañana he ido a ver al doctor Langley y se lo he dicho todo sobre mi insomnio. Me ha hecho muchas preguntas sobre el porqué no puedo dormir, pero yo le contesté repetidamente que lo ignoraba. «No lo sé, no lo sé, no lo sé.» Finalmente claudicó y me dio píldoras. En realidad no necesito tanto dormir como evadirme, escapar. Es una manera de escapar maravillosa. Cuando pienso que ya no puedo aguantar más, me tomo una píldora y espero esa dulce nada que va llenándome. A este punto de mi vida, *la nada* es mucho mejor que el algo.

*Agosto 20*

No creo que las píldoras para dormir que me receta el doctor Langley sean tan fuertes como las del abuelito, porque debo tomarme dos, y a veces tres. Quizá será porque soy tan nerviosa. De todas maneras, no sé hasta cuándo podré aguantar; si no ocurre algo y pronto, creo que mi cerebro va estallar.

*Agosto 22*

Le dije a mamá que llamara al doctor Langley. Voy a pedirle algunos tranquilizantes. No puedo dormir ni de día ni de noche y así no puedo andar por ahí, por esto espero que me los dé. ¡Tiene que dármelos!

*Agosto 23*

Los tranquilizantes son lo más estupendo. Esta tarde me tomé uno antes de la llegada del cartero, que traía otra carta de Roger. En vez de inquietarme, me senté y le escribí vaciándole toda mi alma, pero, naturalmente, sin decirle una sola palabra sobre mis «viajes» con «ácido» o sobre el «rápido»; por supuesto, no le hablé de Bill ni de mi posible embarazo, sólo le escribí sobre las cosas importantes que nos conciernen. Incluso he empezado a preguntarme si no podría iniciar a Roger, aunque fuese una vez, para que comprendiera. ¿Podría hacerlo? ¿Podría hacerle emprender su primer «viaje» sin que él lo supiera, como me ocurrió a mí? ¡Ah, si yo me atreviera! Parece como si hubiese estado atada mucho tiempo; tal vez son las píldoras de dormir y los tranquilizantes, pero hay momentos en que quisiera soltarme, totalmente, aunque supongo que esos días pasaron para siempre. ¡Estoy en un mar de confusión! ¡Desearía tener alguien con quien hablar!

## Agosto 26

Qué día maravilloso, hermoso y feliz. Me ha llegado la regla. Nunca había sido tan dichosa en mi vida. Ahora puedo arrojar por la borda las píldoras de dormir y los tranquilizantes. Puedo ser yo otra vez. ¡Hurra!

## Septiembre 6

Beth llegó del campamento, pero apenas es la misma. Conoció a un tipo judío con el que sale en serio. Están juntos, día y noche. Tal vez estoy celosa porque Roger vive tan lejos y la escuela ha comenzado, y Alex y sus alborotadoras amiguitas me vuelven loca y mamá ha empezado a ser de nuevo mi sombra.

Hoy he bajado a la monísima *boutique*, donde encontré un par de mocasines preciosos, una chaqueta con flecos y unos estupendos pantalones que hacen juego. Chris, la chica que trabaja allí, me ha enseñado a plancharme el pelo —lo que hice esta misma noche—, y ahora lo tengo perfectamente liso. ¡Estupendo! Estupendo, pero mamá no lo soporta. Bajé para mostrárselo y me dijo que parecía una *hippy* y que esta noche, papá, ella y yo debemos tener una pequeña conversación. Podría decirles una o dos cosas, pues imagino que sexo sin drogas no es ni siquiera la loca maravilla que se experimenta por ahí. De todos modos me parece que cada vez hago peor las cosas. Me estoy volviendo de tal manera que, haga lo que haga, no puedo satisfacer a los que mandan.

*Septiembre* 7

Anoche fue el acabóse. Mamá y papá derramaron flores y lágrimas para expresar lo mucho que me quieren, lo preocupados que han estado por mi actitud desde que regresé de casa de los abuelos. Detestan mi pelo, que todavía quieren que lleve como los críos, y hablaron, hablaron, hablaron, pero sin escuchar ni una sola vez lo que yo trataba de decirles. Es más: al comienzo, cuando manifestaban su profunda preocupación, sentí el irreprimible deseo de estallar y contárselo todo. ¡Quería tanto decírselo a ellos! Más que nada en el mundo, quería convencerme de que me comprenderían, pero, naturalmente, siguieron hablando y hablando porque son incapaces de comprender nada. ¡Si al menos los padres escucharan! ¡Si por lo menos nos dejaran hablar de vez en cuando en lugar de estar eternamente, continuamente sermoneando y refunfuñando, y corrigiendo y pinchando, pinchando, pinchando. Pero no escucharán. Sencillamente, no pueden escuchar, o no quieren, y nosotros venga a dar vueltas en el viejo, frustrado, solitario agujero, sin nadie con quien comunicar ni verbal ni físicamente. Afortunadamente tengo a Roger, si es que lo tengo...

*Septiembre 9*

¡Lo que faltaba! Roger se va definitivamente a esa escuela militar. No tendrá su primer permiso hasta Navidad, y tal vez ni siquiera lo tenga. Su papá había ido a esa escuela, y su abuelito también, de modo que me imagino que acaso está obligado; pero yo lo necesito aquí y no allí, en esa escuela idiota y marcando el paso durante todo el año. Ahora estará a un continente de distancia. Le escribí una carta de diez páginas diciéndole que le esperaré, aunque en su última me decía que saliera y me divirtiera. ¿Pero cómo puedo divertirme en este agujero?

*Septiembre 10*

Estaba tan decaída con eso de Roger que bajé a mirar vestidos a la *boutique* donde trabaja Chris. Llegué casi a la hora del bocadillo y nos fuimos a tomar un refresco. Le dije lo deprimida que estaba a causa de Roger. Ella comprendió inmediatamente. Fue estupendo tener otra vez alguien con quien hablar. Cuando regresamos a la tienda me dio una especie de caramelo rojo y me dijo que me fuera a casa, lo tomase y escuchase un poco de música arrítmica. Me dijo: «Éste, corazón, te levantará el ánimo como los tranquilizantes te lo rebajan». Y, ¿sabes, Diario?, tenía razón. He estado tomando demasiados somníferos y demasiados tranquilizantes. No sé por qué ese cretino de doctor no me dio algo para que me sintiera mejor en vez de algo para encontrarme peor. Toda la tarde me he sentido en la gloria, viva otra vez. Me he lavado el pelo, he limpiado mi habitación, he planchado y he hecho todo lo que mamá me estuvo exigiendo hace días. El problema ahora es que ya es tarde y no me libero de tanta energía. Me pondría a escribir a Roger, pero ayer le escribí una carta gigantesca y pensaría que estoy chalada. Supongo que no me queda más remedio que gastar una de mis buenas píldoras para dormir si quiero sosegarme. ¡Esto es vida!

*Septiembre 12*

Papá y mamá me están dando la lata constantemente sobre mi aspecto. No dejan de afirmar que saben lo buena que soy, lo dulce, pero que empiezo a comportarme como una *hippy* y temen que me relacione y me arrastre gente indeseable. Lo que pasa es que son tan ultraconservadores que ni siquiera saben lo que está ocurriendo. Chris y yo charlamos muchas veces de nuestros padres. Su papá es miembro del consejo de administración de una empresa de productos para el desayuno, y viaja mucho, «a menudo acompañado de otras mujeres», me confió. Su mamá es una señora tan consagrada a los clubes y de mentalidad tan cívica, que la ciudad probablemente se derrumbaría si ella dejara su actividad una tarde para escuchar a su hija. «Mamá es la columna vertebral de la sociedad en esta ciudad», me dijo Chris. «Atiende a todos y a todo menos a mí. ¡qué abandonada me han tenido!»

Chris no necesita trabajar, pero le es imposible quedarse en su casa. Le dije que a mí me empieza a ocurrir lo mismo y va a tratar de encontrarme un trabajo con ella. ¿No es formidable?


*Septiembre 13*

¡Hurra, ahora sí que vivo! Tengo trabajo. Anoche, Chris se lo pidió a su patrón y dijo que sí. ¿No es fantástico? Trabajaré con Chris los miércoles y los viernes por la noche y todo el sábado, podré comprar todo lo que desee mi corazoncito inconformista. Chris tiene un año más que yo y me adelanta un curso en la escuela, pero es una chica formidable, la adoro y me llevo mejor con ella que con toda la gente que he tratado en mi vida, incluso mejor que con Beth. Tengo la sospecha de que sabe algo de drogas, porque en dos ocasiones, cuando me he encontrado realmente decaída, me ha dado estimulantes. Uno de estos días tengo que hablar con ella de estas cosas.

*Septiembre 21*

Diario, querido amigo:

Siento haberte tenido abandonado, pero, verdaderamente, mi nuevo trabajo y el comienzo del curso escolar me han tenido ocupada, pero tú sigues siendo mi amigo más querido, mi íntimo confidente, pese a encontrarme en forma y a que me llevo bien con Chris. Nunca estamos cansadas y somos las chicas más populares de la escuela. Sé que tengo un aspecto fantástico, sin pasar de mis cincuenta kilos escasos, y cada vez que tengo hambre o me siento cansada, me tomo un «benny» (excitante). Tenemos energía y vitalidad para dar y vender; tenemos vestidos, como los hombres. Mi pelo está estupendo. Lo lavo con mahonesa y está tan brillante y suave que todo el mundo se gira para mirarlo. Todavía no he encontrado un chico que me guste, pero esto probablemente ha de ser así porque espero a Roger.


*Septiembre 23*

Diario:

Mis padres van a sacarme de quicio, esto es absolutamente seguro. Tengo que tomar «dexies» para estar en forma en la escuela, en el trabajo, con los chicos, hacer mis deberes escolares... luego debo tomar tranquilizantes para soportar la casa. Papá cree que le estoy desprestigiando como decano de la facultad. Anoche, en la mesa, incluso me gritó por haber dicho: «¡hombre!». Él tiene su léxico cuando quiere subrayar una cuestión y le parece muy bien, ¡ah!, pero si yo digo: «¡hombre!» parece como si cometiera un pecado imperdonable.

Chris y yo estamos dispuestas a cortar por lo sano. Tiene una amiga en San Francisco que podría ayudarnos a encontrar trabajo, y como ambas poseemos experiencia de vendedoras, no sería difícil. Además, sus padres están en instancia de divorcio. Cuando están juntos no hacen más que pelearse y ella se resiente. Por lo menos en mi casa no tengo que aguantar cosas de éstas.

Roger dice que está demasiado ocupado para escribir con frecuencia, pero la excusa no me convence. Como dice Chris, «la sangre del hombre se enfría pronto si no tiene al lado quien se la caliente».


*Septiembre 26*

Anoche fue la gran noche, amigo Diario. Por fin fumé marihuana, y todavía resultó mejor de lo que esperaba. Al salir del trabajo, Chris me presentó a un amigo del colegio que había tomado «ácido», etcétera, y quería convertirme a la hierba.

Me dijo que no esperase sentir la misma sensación que da el licor, pero le contesté que nunca había bebido más que champán en los aniversarios y restos de cócteles en las fiestas. Todos nos reímos con esto y Ted, la pareja de Chris, dijo que la mayoría de los chicos no prueban jamás alcohol, no sólo porque esto es cosa de sus padres, sino porque es mucho más difícil de conseguir que la hierba. Dijo Ted que cuando él comenzó vio que podía robar mucho dinero a sus padres sin que éstos lo notasen, pero si tomaba un sorbo de sus botellas, las tenían señaladas, sabían exactamente cuánto faltaba.

Luego, Richie me enseñó a fumar. Yo no había fumado nunca, ni siquiera cigarrillos. Me dio pequeñas instrucciones; por ejemplo, que debía tratar de escuchar los ruidos más leves e insignificantes, los que de ordinario no escucho, y luego, sencillamente, relajarme. Al principio aspiré con demasiada fuerza y casi me asfixié. Richie dijo que debía chupar con la boca abierta para mezclar la mayor cantidad de aire al humo de la hierba. Pero tampoco salió muy bien, y al cabo de un rato Ted desistió y me trajo una pipa. Me pareció divertida y exótica, pero al comienzo tampoco conseguía sacar humo y me sentí defraudada, pues los otros tres estaban evidentemente drogados. Finalmente, cuando ya creía que no funcionaría nunca, empecé a sentirme feliz y libre, ligera como un canario surcando los abiertos e infinitos cielos. ¡Y me sentí tan relajada! ¡No creo haberme sentido jamás tan relajada! Era hermoso de verdad. Más tarde, Richie trajo de su cuarto una piel de cordero y empezamos a andar descalzos sobre ella. La sensación que me llegaba por los pies era totalmente indescriptible, una suavidad que envolvió mi cuerpo por completo y, súbitamente, pude oír el rumor extraño y casi silencioso de los largos pelos de la piel de cordero frotándose entre ellos y frotándome los pies. Era un rumor diferente a todo lo que yo había oído, y recuerdo que traté desesperadamente de describir el fenómeno de cada pelo por separado, perfectamente inclinados sobre sí mismos. Pero, claro, no pude: era demasiado perfecto. Luego cogí un cacahuete salado y noté que nunca había tomado nada tan salado.

Me sentí niña de nuevo y traté de nadar en el Lago Salado, sólo que el cacahuete todavía era más salobre. Mi hígado, mi espíritu, mis intestinos estaban corroídos de sal.

Se me antojó rabiosamente probar un melocotón fresco, una fresa, sentir que su sabor, dulzura y delicia me consumieran. Era fantástico, y empecé a reír demencialmente. Estaba encantada de ser tan diferente. Todo el universo estaba loco menos yo. Yo era el único ser perfecto y sano. En algún recodo de mi mente recordé haber leído que mil años del hombre es un día del Señor, y yo había encontrado el enigma. Estaba viviendo un nuevo período de la vida de mil hombres en el espacio de unas horas.

Más tarde tuvimos mucha sed y nos moríamos por algo dulce. Nos fuimos a tomar unos helados haciendo bromas sobre las increíbles curvas y las inconcebibles formas de la luna que cambiaba de forma y colores. No sé si estábamos tan eufóricos como decían, pero era divertido. En el restaurante bromeamos y reímos como si todo el mundo y sus secretos nos pertenecieran. Cuando Richie me llevó a casa, a eso de la medianoche, mis padres, que aún no se habían acostado, se quedaron encantados del agradable y pulcro caballerito que me había sacado aquella noche. Ni siquiera se quejaron de lo avanzado de la hora. ¿Puedes creerlo, Diario?

*P. S.* Richie me dio algunas colillas para fumar a solas; quiero estar en el cielo. Es agradable, agradable, agradable...

## Octubre 5

Chris y yo estamos pensando en dejar el trabajo, pues hay tanto qué hacer que no nos deja tiempo para lo que *queremos* hacer.

Estoy profundamente enamorada de Richie, y Chris ama a Ted. Queremos pasar con ellos todo el tiempo que podamos. Lo malo es que ni ella ni yo tenemos bastante dinero y nos vemos obligadas a revender hierba. Por supuesto sólo se la vendemos a chicos que ya son adictos, y que si no nos la compraran a nosotras la comprarían a otros.

Ted y Richie van a la universidad y tienen que estudiar más que nosotras en bachillerato, por lo cual les queda poco tiempo para revender. Además, a los chicos les es más difícil que a las chicas, se exponen más. Al principio me era duro afrontar serenamente el sistema o las leyes, pero desde que soy la pollita de Richie debo hacer todo lo que pueda para ayudarle.

## Octubre 8

He convencido a Richie de que sería más fácil revender «ácido» que hierba, pues éste se puede transportar como si llevásemos sellos, o chicle, sin dejar rastro de pelusa ni exponernos a que cualquier chivato idiota sepa lo que cargamos en el bolso.

Richie es tan bueno, tan bueno, tan bueno... y el sexo, con él, es como relámpago, arcoíris y primavera. Puede que yo sea, simplemente, una revendedora de droga, pero ese chico me tiene bien agarrada: haríamos cualquier cosa el uno por el otro. Estudiará medicina y debo ayudarle en todo lo que pueda. Le será duro, pero llegará. Ocho o diez años más de escuela y ya está. Ahora está en segundo. Mamá y papá creen todavía que estudia bachillerato. No pienso ir a la universidad. Papá tendrá un disgusto mortal, pero para mí es más importante trabajar y ayudar a Rich. Cuando acabe el bachillerato buscaré trabajo fijo y nos instalaremos. Ha sido un estudiante brillante, pero ahora dice que sus notas bajan.

Verdaderamente, amo a este hombre. Oh, realmente le amo de verdad. Lo deseo siempre. Hace broma conmigo y dice que soy una obsesa sexual porque le insisto en que me haga el amor sin drogarse antes. Me lo ha prometido. Será casi como una nueva experiencia. No puedo esperar.

## ( ¿ )

Richie y yo no vamos nunca a ningún sitio. Casi se ha convertido en ritual el que venga a recogerme, pasar unos minutos con mis padres y correr al piso que comparte con Ted. Me gustaría que nos drogáramos juntos cada noche, pero sólo me permite acompañarle cuando ha de abastecerme de «ácido» para la reventa y darme marihuana y barbitúricos suficientes hasta que nos veamos. Yo sé que estudia mucho y por esto trato de consolarme con lo que puede darme de su persona, lo cual, al parecer, cada vez es menos. Quizá soy una obsesa sexual, pues estoy más interesada yo en él que él en mí. Pero esto se debe a su preocupación por mí. Quisiera que me dejara tomar la píldora anticonceptiva y que él no tuviera que trabajar y estudiar tanto. Ah, pero lo que me da es tan grande que ni siquiera concibo que pueda pedirse más.

*Octubre 17*

Hoy he ido de nuevo a la escuela primaria con la mercancía. No me importa meterla en el instituto, porque a veces es difícil conseguirla y los chicos generalmente vienen a pedírmela. Chris y yo la recibimos de Richie. Puede conseguir la que quiera: barbitúricos, hierba, anfetaminas, LSD o DMT, mescalina o lo que sea. Los chicos de bachillerato son una cosa, incluso los de grado superior, pero hoy he vendido diez sellos de LSD a un muchachito que, estoy segura, no tenía nueve años. Yo sé que él lo pasará a otros y que estos críos son demasiado jóvenes. La idea de malgastar así los nueve y diez años es tan repulsiva que no voy a ir más. Yo sé que si ellos quieren encontrarán en algún sitio alguien que se la venderá, pero no seré yo. He estado acostada en mi cama desde que llegué de la escuela, pensando en ello, y he decidido que Richie venga a ver a papá y le pida una beca. Con sus notas y antecedentes algo conseguirá. Estoy segura que se la darán.

*Octubre 18*

Si dieran medallas y premios a la estupidez y a los incautos, seguramente me concederían un puñado. Chris y yo hemos ido al piso de Ted y encontramos a los dos bastardos drogados y haciéndose el amor. Ahora comprendo por qué ese perro de Richie tenía tan pocas ganas de hacerlo conmigo. Aquí me tienes revendiendo drogas en beneficio de un traficante de baja estofa cuyo papá seguramente no está enfermo como él dice. Me pregunto cuántas estúpidas pollitas más trabajarán para él. ¡Ah, qué avergonzada estoy! No puedo creer que haya llegado a vender droga a niños de doce, once, nueve y diez años. ¡Qué estigma para mí, para la familia y para todos! Soy tan mala como ese hijo de perra de Richie.

*Octubre 19*

Chris y yo hemos pasado el día en el parque, reflexionando sobre el asunto. Hace casi un año que ella se droga, y yo desde el 10 de julio exactamente. Hemos llegado a la conclusión de que mientras estemos aquí nos será imposible cambiar, y por eso nos vamos a San Francisco. Lo que yo debo hacer es, sencillamente, entregar a Richie a la policía. No soy vengativa, ni estoy despechada o celosa, en absoluto. Simplemente, debo hacer algo para proteger a todos esos escolares de primaria y secundaria.

Todo esto que me contó Rich: «ya se lo venderán otros», es un cuento, un montón de mierda. Los demás y el mundo entero le importan un bledo, para él sólo cuenta él, y la única manera de que yo pague el daño que he hecho es impedir que, por su culpa, otros chicos se droguen. Éste es uno de los peores aspectos del asunto. Prácticamente, cada chico que toma vende a otro;

una gigantesca bola que va creciendo, creciendo... me pregunto si tendrá fin. Realmente, me lo pregunto. Ojalá no hubiera empezado nunca. Y ahora, Chris y yo nos hemos puesto de acuerdo en quedar limpias de todo. Y verdaderamente lo queremos. Lo hemos jurado y prometido por lo más sagrado. En San Francisco no conoceremos a nadie que se drogue y así será más fácil mantenerse al margen.

*( ¿ )*

Es muy triste tener que dejar la casa sigilosamente, en mitad de la noche, pero ni Chris ni yo lo concebimos de otra forma. El autocar sale a las cuatro y media de la madrugada y debemos tomarlo. Primero iremos a Salt Lake City por un tiempo y luego a San Francisco. Tengo mucho miedo de lo que Richie pudiera hacer si me encontrara. Seguramente ya debe saber quien lo ha entregado, pues en mi carta a la policía denunciaba los pocos puntos que le abastecían de mercancía. Desearía que todos los traficantes fuesen detenidos.

Adiós, hogar querido; adiós mi buena familia. La verdad es que me voy sobre todo por lo mucho que os amo y porque no quiero que sepáis que he sido una persona tan débil y tan desprestigiada. Me da rabia ser una estudiante frustrada, pero ni siquiera me atrevo a escribir pidiendo mi carnet escolar, porque sé que vosotros y Richie podríais seguirlo y encontrarme. Os dejo una nota, queridos míos, pero no podrá expresar nunca cuán sagrados sois para mí.

*Octubre 26*

Estamos en San Francisco, en un apestoso y asfixiante cuartito. Después de tantas horas miserables pasadas en autocar, ambas estamos mugrientas. Mientras Chris toma un baño escribiré unas líneas hasta que me toque el turno. Estoy segura de que tenemos dinero suficiente para vivir en espera de encontrar trabajo, pues yo tenía ciento treinta dólares que debía haberle dado a ese bandido de Richie, y Chris pudo retirar cuatrocientos y pico de dólares que tenía en el banco. Este pequeño antro y nido de arañas cuesta noventa dólares mensuales, pero al menos tendremos un techo mientras encontramos trabajo y un lugar más decente.

Sufro mucho por mis padres, pero saben que estoy con Chris y la consideran una buena y respetable muchacha que no me estropeará. ¿Podría estropearme más de lo que estoy?


*Octubre 27*

Chris y yo hemos pasado el día buscando trabajo. Recorremos todos los anuncios del periódico, pero o somos demasiado jóvenes, o no tenemos bastante experiencia, o carecemos de referencias, o quieren que nos acompañe alguien o dicen que ya nos llamarán. Nunca me sentí tan extenuada en toda mi vida. Esta noche no necesitaremos nada para dormir, incluso sobre esta superficie abultada y húmeda llamada cama, instalada en este cajón destartalado.

## Octubre 28

Aquí todo está siempre pegajoso y húmedo. En el retrete incluso crece una especie de musgo viscoso, pero, gracias a Dios, no estaremos mucho tiempo más en este agujero, por lo menos eso espero. La caza de empleo no ha sido hoy más afortunada que ayer. Tampoco pudimos localizar al amigo de Chris.

## Octubre 29

Encontré trabajo en una pequeña tienda de ropa interior. No pagan mucho, pero al menos nos dará para comer alguna cosa. Chris seguirá buscando un empleo mejor y cuando lo encuentre yo dejaré el mío para buscar algo más atractivo. Chris cree que tal vez dentro de un año podamos abrir nuestra propia *boutique*. ¡Sería maravilloso! Y quizá si nos va muy bien podamos invitar a nuestras familias a contemplarnos y glorificar nuestro éxito.

## Octubre 31

Chris no ha encontrado trabajo todavía. Busca todos los días, pero hemos decidido que no acepte cualquier cosa. Ha de ser en un almacén de categoría para que pueda aprender lo que necesitamos saber para dirigir nuestra propia empresa. Por la noche estoy tan cansada que apenas puedo meterme en cama. No sabía que trabajar de pie todo el día para atender a gentes gruñonas y asquerosas pudiera ser tan agotador.

## Noviembre 1

Chris y yo hemos pasado el día visitando el barrio chino y el parque Golden Gate, también cruzamos el puente en autobús. Es una ciudad maravillosa y estimulante, pero quisiera estar en casa. Claro, a Chris ni se lo he dicho.

## Noviembre 3

Chris por fin ha encontrado trabajo. Es la tiendecita más formidable que he visto en mi vida. Fui al salir de mi trabajo y me compré un par de sandalias. Allí puede aprender todo lo que se necesita saber sobre compras, exposición y venta, pues sólo hay dos empleadas. Sheila es la propietaria y, sin duda alguna, es la mujer de aspecto más fabuloso que he visto en mi vida. El cutis claro y blanco como la nieve y las pestañas largas como mi brazo, falsas naturalmente. El pelo es negro como el azabache y mide un metro ochenta, por lo menos, estoy segura. No comprendo como no trabaja de modelo, en el cine o en la tevisión. Su tienda está en una zona muy exclusiva y sus precios son elevados, elevados, incluso con el descuento que me hizo Chris. Pero, de todos modos, sentía necesidad de despilfarrar un poco después de todos los apuros que hemos pasado y seguimos pasando.

## Noviembre 5

Cada día tengo más nostalgia de mi casa en vez de sentirme apartada de ella. ¿Cómo se sentirá Chris? No me atrevo a decir nada por miedo a que me crea una grandísima boba, lo que, probablemente, soy. La verdad es que si no le tuviera tanto miedo a Richie creo que volvería a casa. Estoy segura de que trataría de complicarme si pudiera. Es un tipo tan débil, tan vengativo y tan consentido. Ahora veo cosas en él tan repulsivas que me parece imposible que haya estado tan miserablemente dócil con él. Supongo que he sido, sencillamente, una estúpida, una necia pidiendo que me engañaran. Y me engañaron. ¡Y cómo! Pero la próxima vez no seré tan estúpida, sólo que no habrá próxima vez. Nunca, nunca, en ningún caso, volveré a drogarme. Las drogas son la raíz y la causa de todo ese podrido y apestoso lodazal en que estoy metida, y de todo corazón, con toda mi alma, quisiera no haber oído jamás hablar de ello. Quisiera que las cartas no llevaran matasellos, porque entonces podría escribir a mamá y papá, y a los hermanitos y a la abuelita y al abuelito y, tal vez, a Roger. ¡Quisiera decirles tantas cosas! Pero es una lástima no haberme dado cuenta antes.

## Noviembre 8

Levantarse, comer, trabajar y desplomarse sobre la cama, extenuada. Ya ni siquiera me baño todos los días, es demasiado trabajo esperar que el cuarto de baño quede libre.

*Noviembre 10*

Dejo mi trabajo y voy a dedicar mi tiempo a buscar otro más interesante. Sheila tenía una lista de sitios donde puedo ir, dando su nombre como referencia.

*P. S.* Ahorramos y compramos un aparato de televisión de segunda mano por quince dólares. No funciona muy bien, pero alegra la habitación.

*Noviembre 11*

Bueno, Diario, ¿qué te parece? Encontré trabajo a primera hora y en la segunda tienda donde me presenté. Mario Mellani hace exquisitas joyas, muchas de las cuales tienen incrustadas piedras preciosas. Quería alguien joven y lozano para que sirviera de escaparate o fondo para su obra. Me siento muy halagada de que me haya elegido a mí. El señor Mellani es grande y gordo y jovial. Me ha dicho que tiene esposa y ocho hijos y que viven en Sausalito, y ya me ha invitado a cenar con ellos un domingo para que los conozca.

*Noviembre 13*

Mi nuevo trabajo me encanta. Para mí, el señor Mellani es como mi segunda familia. Aquí lo tienes, en una tienda exclusiva del vestíbulo de un hotel increíblemente caro, y sin embargo cada día se trae su almuerzo envuelto en un papel y lo comparte conmigo. Dice que así no va a engordar demasiado. Y el domingo Chris y yo vamos a su casa. ¿No es fantástico? Será maravilloso ver de nuevo a una tropa de críos. Tiene un hijo llamado Roberto, de la misma edad que Tim, y otro muchachito tres días más joven que Alexandria. Cree que soy huérfana y realmente lo voy siendo. Pero, bueno...

¿Sabes? Si no fuese tan rara podría salir con muchos hombres. Nuestro vestíbulo, donde está instalada la tienda, está siempre lleno de señores muy gordos y muy ricos, acompañados de sus viejas esposas ataviadas de armiño, chinchilla y martas. Los hombres encierran a las esposas en sus «suites» y luego bajan y me hacen proposiciones. También hay multitud de tipos que parecen representantes de comercio tratando de meter algo más que mercancía, pero en pocos días he aprendido a localizarlos en cuanto entran.

( ¿ )

Chris y yo tenemos la suerte de que tanto su tienda como la mía cierran el domingo y lunes, lo que nos proporciona dos días libres. A nuestro alrededor no hay mucha gente joven. Sheila debe tener treinta años, aunque se conserve terriblemente, y, por supuesto, el señor Mellani podría ser mi padre por su edad, en realidad se está convirtiendo rápidamente en mi padre. Mañana vamos a su casa.

*Noviembre 16*

En casa del señor Mellani lo pasamos tan bien que quedamos fascinadas. Viven en una zona de pequeñas lomas que casi parece el campo. La casa está situada al término de la línea del autobús y cubierta de grandes árboles centenarios. La señora Mellani y los chicos componen una de esas familias de película italiana, y ella guisa como nunca he visto guisar a nadie. Sus hijos, incluso los mayores, están continuamente pegados a los padres. Jamás había visto semejante racimo humano. Mario, el mayor, que tiene diecisiete años, iba a salir de excursión o algo así, y besó y acarició a su padre y al resto de la familia como si se fuera para siempre. El resto de la jornada fue generosamente amenizada de palmaditas, nalgadas y cachetazos. Ha sido una experiencia adorable, pero me ha hecho sentir todavía más sola.

*Noviembre 19*

Chris llegó del trabajo toda alborozada. Sheila, para no ser menos que el señor Mellani, nos invita a una fiesta que tendrá lugar en su casa el sábado, al salir del trabajo. Como todas trabajamos hasta las nueve, empezará algo tarde, pero estoy contenta, pues ir a una fiesta a las diez y media de la noche es algo terriblemente fascinante y sofisticado.

*Noviembre 20*

Al principio Chris y yo estábamos preocupadas por cómo iríamos vestidas a la fiesta de Sheila, pero ésta dijo que nos pusiéramos algo cómodo, cosa que nos va de perilla, pues sólo nos trajimos una maleta cada una y no estamos para gastos. Tal vez sigamos en este piso seis meses más, hasta tener el dinero suficiente para instalarnos por nuestra cuenta. Espero que Sheila nos apoye y nos apruebe. Quizás el propio señor Mellani nos deje vender algunos de sus artículos menos caros. Cuando Mario acabe el bachillerato vendrá a trabajar a la tienda y entonces supongo que ya no me necesitarán.

*Noviembre 21*

Mañana es la fiesta de Sheila. ¿Quién asistirá a ella? Chris me dice que a la tienda de Sheila acude gente del cine y de la televisión y que, al parecer, los conoce personalmente, por lo menos se besan unos a otros y se llaman cariñosamente «querida» o «nena».

¿Te imaginas lo que será poder conocer estrellas de cine y de la televisión personalmente? Un día llegó a la tienda del señor Mellani la actriz ——, entró para comprar un enorme anillo, pero es tan vieja que últimamente sólo la he visto en una película de la televisión, donde interpretaba el papel de una loca nada atractiva.

*Noviembre 22*

¡Oh, sábado feliz! Esta noche será la mundana noche. ¿Creerán que soy terriblemente ingenua si bebo refrescos en vez de champán o lo que haya? Quizá nadie se dé cuenta. Bueno, me voy corriendo al trabajo; a esta hora, el tranvía suele estar lleno hasta los topes y no quiero viajar colgada en el estribo, que luego el pelo se me enmaraña.

*Noviembre 23*

Ha ocurrido otra vez y no sé si llorar o regocijarme. Al menos, esta vez éramos todos adultos, haciendo cosas de adulto, sin influenciar a una banda de niños. Supongo que alguna gente no me consideró totalmente adulta, pero lo que importa es que todos creen que Chris y yo tenemos dieciocho años. Sea lo que sea, Sheila vive en el apartamento más fabuloso, con la vista más espectacular. Tiene un portero más regio que el del hotel donde está mi tienda, y ambos son impresionantes. Subimos al piso en ascensor, tratando de parecer mundanas y naturales, pero la verdad es que, tras nuestra pequeña escapada, estábamos sin resuello. Incluso el ascensor impresionaba, con sus franjas de papel dorado en dos partes laterales y las otras dos forradas de negro.

Entrar en el piso de Sheila fue como abrir una revista de decoración. Todas las paredes eran de cristal, a través de las cuales se veía el centellear de la ciudad. Traté de no quedarme con la boca abierta, pero tuve la impresión de hallarme en un estudio cinematográfico.

Sheila nos besó levemente en la mejilla y nos acompañó a una habitación, con muchos almohadones de color en torno a una mesa de café, de estilo antiguo, adornada de oro y espejitos. También un desmesurado diván tapizado en piel, ya deformado y descolorido, junto a la chimenea. Verdaderamente, todo aquello era excesivo.

Luego sonó el timbre de la puerta y empezaron a llegar los seres humanos más hermosos que yo había visto en mi vida. Los hombres eran tan suntuosos que parecían estatuas bronceadas de dioses romanos; y las mujeres, tan despampanantes, que me produjeron miedo y dicha a la vez. Pero, al cabo de un rato me fui dando cuenta de que nosotras éramos jóvenes, resplandecientes y sanas, mientras que aquellas señoras eran viejas, viejas. Probablemente durante el día no habrían podido salir a la calle sin media tonelada de maquillaje. De modo que, en verdad, no teníamos por qué preocuparnos.

Luego lo olí. Casi me detuve en mitad de una frase; tan fuerte era el aroma. Chris se encontraba en el otro extremo de la habitación, pero la vi mirar a su alrededor y supe que ella también lo había olido. El aire pareció espesarse y parte de mi cerebro reclamaba aquello. No supe si echar a correr, quedarme o qué. Luego me di la vuelta y uno de los hombres me pasó una colilla. Era eso. Nunca había deseado nada con la intensidad que deseé ser desgarrada, despellejada. Tal fue el escenario y tales las comparsas. Y yo quise ser parte de aquello.

El resto de la velada fue algo fantástico. Las luces, la música, los rumores de San Francisco eran parte de mí misma y yo parte de todo eso. Fue otra inverosímil excursión que duró una eternidad. Chris y yo pernoctamos en casa de Sheila; hasta muy entrada la tarde no pudimos volver a nuestras sombrías cuatro paredes.

Estoy algo preocupada por lo que pasó. No sé si fumamos «hachish» —difícil de conseguir ahora— o qué. Pero tengo la impresión de que va a comenzar otra vez aquello de estoy-o-no-embarazada-hasta-el-mes próximo. Una cosa es cierta: si volvemos a las andadas tomaré la píldora. No puedo soportar la incertidumbre, además, ahora ya sólo me faltaba encontrarme... No quiero ni pensarlo.

( ¿ )

Sheila celebra fiestas casi cada noche y siempre nos invita. Todavía no me he acoplado, pero es divertido, divertido, divertido; y casi siempre pernoctamos en su casa, lo cual es mucho más agradable que volver al agujero donde vivimos. Chris ha sabido que Sheila estuvo casada con ———— y la pensión que recibe de su ex marido le permite no sólo mantenerse, sino mantener a sus amigos en cualquiera de sus costumbres. Ah, qué formidable sería tener tanto dinero. Creo que viviría exactamente como ella, sólo que mejor.

*Diciembre 3*

Anoche fue la peor noche de mi puerca, podrida, apestosa, terriblemente cabrona vida. Sólo éramos cuatro y Sheila y Rod, su «novio» de turno, nos iniciaron a la heroína. Al principio tuvimos algo de miedo, pero luego nos convencieron de que todas las historias de horror que se cuentan sobre la heroína son puros mitos americanos. Creo, no obstante, que estaba muy excitada, y la verdad es que me moría de ganas de probar viéndoles a ellos prepararlo. El sabor produce una gran sensación, diferente a todo lo que había probado. Me sentí amorosa, lánguida y maravillosamente blanda, como si flotase sobre la realidad y las mundanas cosas se hubiesen perdido para siempre en el espacio. Pero, antes de perder totalmente la noción de lo que ocurría a nuestro alrededor, vi a Sheila y a su lameculos preparándose un «rápido». Recuerdo que me extrañó ver que se disponían a ponerse tan «altos» cuando acababan de ponernos a nosotras tan maravillosamente «bajas», y sólo más tarde me di cuenta de que los asquerosos hijos de perra se habían turnado para violarnos, tratándonos sádica y brutalmente. Ése había sido su plan estratégico desde el comienzo, los ruines comemierda.

Cuando finalmente Chris y yo pudimos salir de allí, nos fuimos, baldadas, a nuestro piso, y una vez allí hablamos largo y tendido. Lo teníamos bien merecido. La porquería que acompaña la droga la encarece tanto que nadie puede pagarla. Esta vez vamos a observarnos y ayudarnos mutuamente. Yo había condenado a Richie por ser un maricón, pero tal vez fui injusta. Con la porquería que tomaba a diario no es de extrañar que perdiera el control de sus actos.

*Todavía diciembre 3*

Chris y yo hemos hablado de nuevo y decidimos abandonar esta cabrona escena. Tenemos setecientos dólares, contando el salario de ayer, y podemos abrir nuestro tenderete en alguna zona modesta. No vamos a golfear más. Las dos estamos hartas. Me duele dejar al señor Mellani. ¡Ha sido tan amable, bueno y considerado conmigo!, pero ni Chris ni yo podemos soportar la idea de volver a ver o de oír hablar de esa perra sádica de Sheila. Supongo que tendré que dejar otra nota dando las gracias y diciendo: «le quiero mucho».

*Diciembre 5*

Hemos pasado diez horas del día buscando dónde instalarnos, sin resultado; hemos decidido que podríamos abrir un comercio cerca de Berkeley. Los chicos de allá llevan mucha bisutería, y Chris se trajo de la tienda algunos nombres de proveedores, y yo estoy segura de poder hacer alguna cosa original que he aprendido del señor Mellani. Podría ser un tenderete divertido; Chris como compradora y vendedora, y yo creando cosas originales.

*Diciembre 6*

Hoy hemos encontrado nuestro nuevo hogar. Es un minúsculo entresuelo cerca de Berkeley, zona que se ha convertido en un distrito comercial, de manera que podremos utilizar la cocina y el cuarto como sala, y la sala como microscópico comedor, sala de exposición y taller. Mañana nos mudamos y lo pintaremos. Tenemos una ventana que da a la bahía, a poca distancia de la calle, lo cual puede convertirla en fantástico escaparate, y si repintamos y recubrimos los muebles no quedará mal. Vamos a hacer toda clase de locuras, como por ejemplo: cubrir los viejos cacharros de fieltro —es barato— y forrar las sillas con imitación de piel de leopardo. Si podemos, tapizaremos las paredes del mismo material. Será bueno tener otra vez algo llamado hogar, y éste lo arreglaremos para amarlo y vivirlo. En el otro cuarto no gastamos ni un céntimo.

*Diciembre 9*

Estuve demasiado ocupada para escribir. Hemos trabajado veinte horas diarias. Nos reímos si alguna vez decimos cuánto nos gustaría tomar un «dexie» (estimulante), pero ni Chris ni yo cederemos nunca más. No hemos hecho nada para los dormitorios, pero la pieza donde expondremos es adorable. Ya han entrado algunos chicos para decirnos el magnífico aspecto que tiene y a preguntarnos cuándo abrimos. No hemos podido tapizar, pero hemos pintado el suelo de un color rosado, y las paredes de un rosa y blanco hasta los matices del rojo más suave y púrpura. Es algo sencillamente formidable. En vez de imitación de leopardo hemos decidido utilizar imitación de piel blanca y resulta algo fantástico. Chris ha estado todo el día en los almacenes de mayoristas y mañana abrimos después de dormir, o sin dormir.

## Diciembre 10

Al parecer, Chris supo exactamente lo que había que comprar, pues hoy hemos vendido por valor de veinte dólares. Mañana tendrá que volver al mercado.

## Diciembre 12

Los grifos gotean y el retrete está atascado, y sólo tenemos agua caliente parte del día, pero no importa. Los chicos entran a mirar nuestra televisión, que hemos instalado en la sala de exhibición, o, sencillamente, se sientan y charlan. Hemos cortado las patas de las sillas del comedor y ahora sólo quedan a un pie del suelo, de modo que, con las cinco sillas (la sexta está rota y sin remedio), tenemos un agradable foro de conversación. Hoy, uno de los chicos ha sugerido que podríamos tener unos cuantos refrescos en la nevera y cobrarlos a cincuenta centavos con derecho a televisor. Creo que vamos a intentarlo. Incluso hemos pensado en adquirir, dentro de unas semanas y si las cosas marchan, un tocadiscos de segunda mano. Nuestra sala de exhibición es realmente grande y sólo necesitamos la mitad para nuestro negocio.

La mayoría de los chicos que vienen parecen disponer de mucho dinero y compran bastante. Bien podemos permitirles sentarse, por ahora.

## Diciembre 13

Hoy, uno de los chicos que ha venido varias veces, nos ha ofrecido en venta, por veinticinco dólares, su tocadiscos «stereo», pues dice que va a construirse uno nuevo. Nosotros aceptamos radiantes y esta noche vamos a cubrirlo de terciopelo rojo y de tachuelas doradas. ¡Qué sorpresa se llevarán mañana los chicos! Me alegra estar siempre tan cansada, porque así duermo en seguida, en cuanto toco la cama. Así no tengo que pensar, especialmente en la Navidad.

## Diciembre 15

Esta mañana Chris salió temprano para visitar a los mayoristas y yo me quedé limpiando y ordenando la tienda, escuchando discos. Luego oí *She's Leaving Home*, y antes de darme cuenta estaba llorando a lágrima viva. Esa canción ha sido escrita para mí, sobre mí y sobre tantas chicas, miles de chicas que intentaron escapar de casa. Tal vez después de las Navidades vuelva a mi hogar, quizás incluso antes. El lío con Richie debe haberse aclarado ya y yo podría volver y reanudar la escuela a mitad de curso. Chris podría quedarse con la tienda, pues para entonces podríamos estar bien situadas, o tal vez quiera venirse conmigo y volver a su casa... Pero, por ahora, ni siquiera lo mencionaré.

## Diciembre 17

Esto ya comienza a resultarnos monótono a Chris y a mí. Los chicos no hablan más que de sus juergas y de lo que sienten cuando toman. Me acuerdo del padre de papá, que antes de morir sólo hablaba de sus dolores y sufrimientos. Estos chicos me están resultando tan cargantes. Nunca hablan de lo que quieren sacarle a la vida, de sus familias o de algo así; sólo les preocupa saber quién vende droga, cuánto tendrán el año que viene, a quién le queda todavía alguna migaja y si llegarán. Y ahora empiezan a molestarme también los «alocados». Me pregunto si alguna vez tendremos una revolución en este país. Cuando discuten sobre esto me parece todo razonable y estimulante: destruirlo todo y empezar de nuevo. Un nuevo país, un nuevo amor; compartirlo todo, la paz. Pero cuando estoy sola me parece otra malsana escena de drogados. ¡Ah, qué confusión la mía! No puedo creer que las cosas se pongan de tal manera que pronto tengamos que ver la madre contra la hija y el padre contra el hijo para hacer un mundo nuevo. Pero cuando vaya a la universidad ya me habré cansado de sus ideas, si voy...

## Diciembre 18

Hoy cerramos la tienda y, sencillamente, nos largamos. Desde hace semanas es la primera vez que salimos juntas; los chicos y sus obsesiones ya empezaban a fastidiarnos. Nos dimos un buen paseo en autobús y luego nos permitimos el lujo de una buena cena francesa. Me sentí bien, vestida de nuevo, después de tanto trajín en viejos pantalones y ropa de trabajo. Pero tantos objetos de Navidad en las vitrinas y las tiendas nos produjo una soledad interior que ni ella ni yo comentamos. Incluso traté de aparentar que no me afectaba, pero a ti, querido Diario, puedo decirte la verdad. Me siento sola. Me encuentro triste, odio todo este tinglado y lo que hay debajo, siento que estoy despilfarrando mi vida. Quiero volver con mi familia, ir a la escuela. No quiero escuchar más a otros chicos que hablan de ir a casa para la Navidad, que escriben o telefonean cuando yo no puedo. ¿Y por qué no podría? Probablemente no he hecho nada que esos chicos no hayan hecho. Todos los adictos a la droga son revendedores; lo uno es inseparable de lo otro.

*Diciembre 22*

Llamé por teléfono a mamá. Estuvo tan contenta de oírme que apenas pude comprender lo que decía a través de sus lágrimas. Me ofreció dinero por cable, o mandar a papá para recogerme, pero le dije que tenía medios suficientes y que tomaríamos el primer avión. ¿Por qué no hicimos esto hace semanas, meses, siglos? ¡Qué estúpidas hemos sido!

*Diciembre 23*

Anoche fue como alcanzar el cielo. El avión llegó con retraso, pero mamá, papá, Tim y Alexandria fueron todos a esperarme y lloramos sin reparo y como niños. Los abuelitos llegan hoy en avión, para verme y para quedarse a las festividades navideñas. Creo que nadie ha tenido jamás un retorno al hogar tan feliz como el mío. Me siento como el hijo pródigo siendo recibido en la grey. Nunca, nunca más volveré a escaparme.

La madre y el papá de Chris también fueron a recibirla, unidos en un torrente de lágrimas. La fuga de Chris tuvo buen resultado: ha unido a sus padres como no lo habían estado desde hace años.


*Más tarde*

¡Estoy tan agradecida de haber salido airosa de nuestra pequeña aventura! Mark, uno de los chicos que venían por la tienda, tomó unas fotos en color que han impresionado mucho a nuestra familia. Naturalmente, al hablar de nuestra vida, hemos omitido las aventuras de San Francisco, y mamá quedó muy satisfecha de que ni siquiera hubiésemos bajado al barrio de Haight-Ashbury, que de todos modos ahora no es nada.

Esta tarde pedí a la central de teléfonos los números de Richie y de Ted, pero no están en la guía. Supongo que han desaparecido y ello me alivia. Ahora todo el mundo cree que nos fugamos porque queríamos vivir a nuestro antojo. Creo que voy a comprobar si todavía están matriculados en la escuela, sólo para estar segura.

## Diciembre 24

La casa huele a vida. En el horno hemos hecho pasteles y galletas. La abuelita guisa maravillosamente, yo puedo aprender mucho de ella y voy a intentarlo. El abeto ya está instalado y la casa decorada con motivos navideños. La Navidad de este año será la mejor de todas las que hemos vivido.

Hoy llamé por teléfono a Chris y se encuentra espléndidamente. Su mamá, su papá y su tía Doris, una inválida que vive con ellos, se desviven por atenderla. ¡Ah, qué bueno es estar en casa! Creo que mamá tiene razón: Chris y yo nos dejamos llevar por una actitud negativa. Pero ya nunca más.

## Diciembre 25

Diario: hoy es Navidad y estoy esperando que despierte la familia para vaciar nuestros calcetines y abrir nuestros regalos. Pero antes, y a solas, quisiera tener una parte muy especial y sagrada de esta sagrada y especial jornada. Querría pasar examen de conciencia, arrepentirme y regenerarme para poder cantar con los demás: «Oh, venid los fieles, alegres y triunfantes», pues he triunfado, esta vez he triunfado de verdad.

## Diciembre 26

El día que sigue a Navidad la gente, por lo general, lo dedica a reposar, pero este año he disfrutado ayudando a mamá y a la abuelita a limpiar, ordenar y a desembarazarnos de trastos inútiles. Me siento mayor. Ya no estoy en la categoría infantil, soy un adulto más. ¡Y me encanta! Me han aceptado como individuo, como persona, como entidad. Soy parte de algo. Soy importante. Soy alguien.

Los adolescentes pasan un momento escabroso e inestable. Los mayores los tratan como niños, pero quieren que se comporten como adultos. Les dan órdenes como se dan a los animales y luego esperan una reacción madura, siempre racional, de personas auto-convencidas de su nivel legal. Es un período difícil, vacilante, durante el cual se anda perdido. Tal vez he pasado la peor etapa. Espero que sí, pues no estoy segura de tener la fuerza ni la firmeza necesarias para pasarlo de nuevo.

## Diciembre 27

La Navidad está aún en el aire. Este maravilloso y especial momento del año, cuando todas las cosas buenas renacen sobre la tierra. ¡Oh, cómo amo estos días, cómo los amo! Diríase que nunca estuve ausente.

*Diciembre 28*

Pasando revista a las postales de Navidad he visto una de la familia de Roger. ¡Qué horrible sensación me ha producido! ¿No habría sido maravilloso que nuestras familias hubiesen emparentado? Pero ahora toda posibilidad queda excluida y no debo torturarme pensando en ello. Además, lo nuestro no fue, probablemente, más que un simulacro de amor.

*Diciembre 29*

Mamá y papá proyectan una fiesta de Nochevieja para toda la gente vinculada al departamento de papá en la universidad. Será divertido. La abuelita está preparando su estupendo brócoli y pollo a la cacerola, además, pasteles de naranja. ¡Hummm! Me ha prometido dejar que la ayude y Chris nos acompañará.

*Diciembre 30*

Todavía duran las fiestas y yo estoy radiante, día y noche.

*Diciembre 31*

Esta noche, las campanas anunciarán un nuevo año maravilloso para mí. ¡Qué humildemente agradecida estoy por haberme liberado del viejo! Parece increíble. Ojalá pudiera arrancar este año de mi vida como se arrancan las páginas de un calendario, al menos los seis últimos meses. ¿Cómo es posible que me haya ocurrido todo eso? A mí, que soy parte de esta admirable, encantadora, respetable familia. Pero el año nuevo será diferente, lleno de promesas y de vida. Desearía que hubiese la forma de borrar, real, completa y permanentemente, todas mis pesadillas, pero no se puede y por esto tendré que meterlas en los recodos más oscuros e inaccesibles de mi cerebro, donde tal vez puedan ser recubiertas o perderse.

Pero, ¡basta ya de cháchara y escritura llorona! Debo bajar a ayudar a mamá y a la abuelita. Antes de la fiesta tenemos un millón de tareas. ¡Arriba, pues, y andando!


*Enero 1*

La fiesta de anoche fue verdaderamente divertida. No creí que los amigos de papá pudieran ser tan interesantes y chistosos. Algunos de los hombres contaron casos atroces de los que se tratan ante los Tribunales, y de los inverosímiles veredictos que se dan. Una vieja y excéntrica multimillonaria dejó hasta el último céntimo de su fortuna a dos viejos gatos de tejado que llevaban collares con incrustaciones de diamantes mientras rondaban por la casa y merodeaban por los patios de la vecindad. Parte de su testamento especifica que no se ejerciera ningún control sobre los gatos, dejándoles hacer lo que su natural instinto les dictara. Así, el Tribunal tuvo que contratar a dos guardadores de gatos para vigilarlos día y noche. Sospecho que los hombres que contaron esta historia exageraron algo, pues resultó demasiado regocijante, pero no estoy segura. Tal vez eran, simplemente, buenos narradores.

Algunos de los padres de familia contaron las monadas de sus hijos, y papá incluso explicó, orgulloso, algunas buenas cosas sobre mí. ¿Te imaginas?

A medianoche todo el mundo se puso su sombrerito de papel, se tocaron campanas y gongs y, seguidamente, pasamos a la mesa para nuestra cena de Nochevieja, y tanto Chris como Tim y yo ayudamos a la abuelita.

Hasta cerca de las cuatro de la madrugada no nos acostamos, pero esto fue casi lo mejor. Cuando se hubieron marchado todos los huéspedes, la familia, Chris y yo nos pusimos el pijama, lavamos los platos, arreglamos la casa, tan felices y relajados como el que más. El abuelito fregó los platos con los codos metidos en la fregadera y cantando hasta desgañitarse. Insistió en que la máquina de fregar platos era demasiado lenta y que teníamos mucho que hacer. Papá traía las cosas de la mesa y, en el trayecto, se chupaba los dedos. ¡Qué formidable! Los huéspedes no se divirtieron seguramente tanto como nosotros. Me pregunto si Chris no hubiese preferido estar con sus padres... pero ellos estaban invitados a otra fiesta. Supongo que ésta es una de esas cosas que nunca sabremos pero, de todos modos, no tiene importancia.

*Enero 4*

Mañana comienzo de nuevo en la escuela. No parece que haya faltado sólo a parte del curso, sino que haya estado ausente durante siglos. Sin embargo, te aseguro que ahora apreciaré la escuela. Voy a aprender a hablar el castellano como un español. Antes consideraba que eso de las lenguas extranjeras era una tontería, pero ahora me doy cuenta de lo importante que es poder comunicarse con la gente, con toda la gente.

*Enero 5*

Chris estudia en un curso más elevado que el mío, pero almorzamos juntas. Es duro volver a adaptarse.

*Enero 6*

¡Qué golpe! Hoy se me ha acercado Joe Driggs a preguntarme si todavía vendo. Casi había olvidado que, no hace mucho todavía, era revendedora de droga. Espero que la noticia no se extienda y que me dejen tranquila. La verdad es que al principio Joe no se creía que estoy limpia. Está realmente grave, pues me suplicó que le consiguiera lo que fuera, cualquier droga. Ojalá no lo sepa George.

*Enero 7*

Hoy no se ha hablado de drogas. Espero que Joe se recobre.


*Enero 8*

A Chris y a mí se nos ha informado de que habrá una fiesta este fin de semana, y yo le he pedido a mamá si Chris podría estar conmigo todo ese tiempo. Estoy segura de que no me tentarán, pero no quiero correr ningún riesgo. También le he dicho a mamá, con toda sinceridad, parcialmente al menos, que en la escuela hay una pandilla de chicos muy ligeros de cascos que nos acosan con droga y que, para las próximas semanas, quisiéramos el apoyo de la familia. Mamá agradeció vivamente que me hubiera confiado a ella, dijo que con papá tratarán de hacer un plan especial para las dos primeras semanas, y procurarán que los padres de Chris hagan lo propio para las siguientes. Fue agradable constatar que comunicaba con mi madre y no sólo verbalmente. ¡En verdad, tengo una familia estupenda!


*Enero 11*

Con Chris, toda la familia pasamos el fin de semana en la montaña. Se hizo todo lo que se podía hacer. Papá le pidió prestada la cabaña a uno que trabaja con él, y cuando ya aprendimos a poner en marcha el sistema de calefacción y del abastecimiento de agua, fue estupendo. Durante toda la noche nevó y tuvimos que turnarnos para sacar a paladas la nieve del coche, pero fue realmente encantador. Papá dijo que pedirá la cabaña o alquilará una con frecuencia. Es un maravilloso lugar para descansar y evadirse el fin de semana. Es curioso cómo se decide siempre a hacer las cosas cuando realmente se tiene ganas de hacerlas.

*Enero 13*

George me ha invitado a salir el viernes por la noche. Es un don nadie, pero supongo que así voy más segura.

*Enero 14*

Durante el almuerzo en la escuela se me acercó Lane e insistió en que le consiga un nuevo contacto. El que tenía se ha roto y, verdaderamente, le duele. Me retorció el brazo hasta ponérmelo morado y me obligó a prometerle que, por lo menos esta noche, le conseguiré algo. No tengo la menor idea de cómo voy a cumplir. Chris sugirió que se lo pidiera a Joe, pero no quiero ningún trato con esa pandilla. Tengo tanto miedo que casi estoy enferma; la verdad es que estoy realmente enferma.

*Enero 15*

¡Ay, querida y desconocida madre! Anoche Lane me llamó dos veces insistiendo en que tenía que hablarme, pero mi madre notó que algo iba mal y le dijo que me encontraba enferma y no podía molestarme en lo más mínimo. Incluso me ha animado a no ir a la escuela, cuando siempre hizo lo contrario. De todas maneras, aprecio su preocupación por mí y sólo quisiera poderme confiar a ella. Me pregunto lo que sabrá Lane, sobre Rich y yo...

*Enero 17*

George me llevó al baile de la escuela, pero todo se estropeó porque Joe y Lane me dieron la lata toda la noche. George quiso saber la causa y tuve que decirle que Lane estaba celoso porque me había invitado a salir y yo le di calabazas. Gracias a Dios la música hacía mucho ruido y casi no pudimos hablar. ¿Por qué no me dejarán tranquila?

*Enero 20*

Papá estará ocupado el fin de semana y no podremos salir, pero al menos procuraré hacer algo para no estar ociosa. Mamá ha dicho que me podría ayudar a coserme un traje de esos que parecen de cuero.

*Enero 21*

Al salir de la escuela me encontré con Gloria y con Babs y me acompañaron la mitad del camino a casa. No sabía cómo quitármelas de encima sin parecer hostil, pero cuánto deseé perderlas de vista. Cuando llegamos a la esquina, mamá pasó con el coche y le hice una seña para que se parase. ¡Fue el colmo! Mientras íbamos a casa, ella en el volante, sólo habló de Gloria y de Babs, de lo agradables que son y de lo bueno que sería que yo tuviera muchas amigas en vez de concentrarme enteramente en Chris. ¡Ah, si supiera, si llegara a saberlo!

*Enero 24*

¡Oh, maldita, maldita, maldita sea! Ha ocurrido otra vez. No sé si chillar de júbilo o cubrirme de cenizas o de silicios. Quien diga que la marihuana y el ácido no esclavizan es un idiota, un estúpido, un necio sin pizca de conocimiento. Yo lo estoy desde el 10 de julio, y cuando no he tomado nada he tenido un miedo mortal sólo de pensar en algo que se pareciera a droga. Y todo el tiempo me he estado engañando, diciéndome que podía tomarlo o dejarlo.

Todos esos bobos, esos críos idiotas que se creen estar picoteando, en realidad existen únicamente entre una experiencia y otra. Una vez la has probado, ya no hay vida sin droga. Y me alegro de haber regresado a ella. Me alegro. Me alegro. Me alegro. Nunca fue mejor que anoche. Cada vez que se toma de nuevo es la mejor de todas, y a Chris le pasa lo mismo. Anoche, cuando me llamó pidiéndome que fuese, supe que algo terrible había ocurrido. El tono de su voz me indicó que no sabía qué hacer, pero cuando llegué allí y olí el increíble aroma me senté por el suelo de su habitación, a su lado, para llorar y fumar. Fue algo hermoso y maravilloso, pues hacía tanto tiempo que nos habíamos abstenido. Nunca podré expresar lo fantástico que fue.

Más tarde llamé a mi madre para decirle que pasaría la noche en casa de Chris, porque se encontraba algo deprimida. ¿Deprimida? Nadie en el mundo, excepto un drogado, podría conocer el verdadero antípoda de la depresión.

*Enero 26*

Chris se siente un poco culpable, pero yo estoy encantada de haber empezado otra vez; ahora pertenecemos al mundo. El mundo nos pertenece. El pobre George me estará buscando por plazas y parques. Vino a esperarme a la escuela y no me interesó en absoluto. Ya ni siquiera lo necesito como chófer.

*Enero 30*

Hoy he hablado con Lane y, verdaderamente, es asombroso. Ha encontrado un vínculo y puede conseguirme lo que yo quiera. Le dije que prefiero los estimulantes. ¿Quién necesita tranquilizantes para bajar cuando puedes tener estimulantes para subir? ¿Verdad?

*Febrero 6*

Ahora la vida es realmente increíble. El tiempo parece interminable y sin embargo todo va deprisa. ¡Me encanta!

*P. S.* Mi madre está muy contenta de verme otra vez frecuentar gente. Está encantada de que me llamen tanto por teléfono. ¿No es el colmo?

*Febrero 13*

Anoche pescaron a Lane. No sé como fue descubierto, pero me imagino que fue demasiado lejos y demasiado deprisa con esos niñitos que tiene como clientes. ¡Qué suerte la mía no haber estado con él! Como soy tan dulce y tan inocente, mis padres no me dejan salir demasiado tarde entre semana. Están protegiéndome del horroroso hombre del saco. Lane no me preocupa realmente. Sólo tiene dieciséis años y no serán demasiado duros con él, probablemente se limitarán a pegarle en las manos.

*Febrero 18*

Se han secado las fuentes con eso de que Lane se está comportando bien, pero Chris y yo tenemos muchos recursos. Nos arreglamos de cualquier modo.

Creo que voy a tomar la píldora. Es más fácil que estar siempre preocupada. Supongo que es más complicado conseguir la píldora que las drogas, lo que te demuestra que este mundo es un mundo cabrón.

*Febrero 23*

Querido Diario:

¡Ay, ay, ay!; anoche hicieron un registro en casa de Chris mientras sus padres y tía estaban ausentes, pero Chris y yo representamos bien nuestro papel. El polizonte se limitaba a mover la cabeza mientras Chris y yo jurábamos por nuestros padres que era la primera vez y que no había ocurrido nada. Gracias a Dios llegaron cuando nosotras estábamos aún despejadas. ¿Cómo supieron que estábamos allí?

*Febrero 24*

Es la cosa más divertida que he oído en mi vida: mamá está preocupada y me insinúa que algo debe haberle ocurrido a su nena, algo que no se atreve a expresar con palabras. Quiere que vaya a ver al doctor Langley para que me haga un reconocimiento general. ¿Será una broma?

Me costó bastante aparentar ignorancia e inocencia, abrí los ojos todo cuanto podía. Fingí ignorar totalmente a qué se refería y, ya ves, finalmente se sintió realmente culpable de haber siquiera sospechado semejante cosa.

*( ¿ )*

Se nos ha puesto a prueba, y Chris y yo no debemos vernos por ahora, y mamá y papá me mandan a un psiquiatra a partir del lunes. Me imagino que esto se hace para evitarme el tribunal. Hay rumores de que a Lane lo han encerrado en algún sitio, creo que es una escuela para mantenerlo seco. Ha sido su tercer percance. No lo sabía. Bien, al menos no podrá creer que yo tenga nada que ver con su caída, pues también me han pescado en la misma red. Es la primera vez que soy acusada. En realidad, puedo considerarme afortunada.

*Febrero 27*

Mamá y papá me vigilan de tal manera que se diría que soy una niña de seis años. Tengo que venir directamente a casa desde la escuela, como si fuera un bebé. Esta mañana, al salir, las palabras de mamá al despedirme fueron éstas: «Ven derechita a casa desde la escuela». ¡Hurra! No está mal puesto que voy a drogarme a las tres y media.

*Más tarde*

Después de cenar iba a bajar al *drugstore*, a comprar unos lápices de color para acabar mi mapa, y, en el umbral de la puerta de casa, mamá le dijo a Tim que me acompañara. ¡Ya es demasiado! Mi hermanito vigilándome. A él no le hizo más gracia que a mí. Casi estuve tentada de preguntarle por qué quería mamá que me acompañara. Le habría servido de lección. Y a ellos también. Ya sé lo que debería hacer: iniciarlo a él. A lo mejor lo hago. A lo mejor se lo pongo en un caramelo sin que él lo sepa. Quisiera estar segura de que le gustase.

## Marzo 1

Voy a estallar. Esta situación me está poniendo los nervios de punta. Apenas me dejan ir sola al retrete.

## Marzo 2

Hoy he ido al psiquiatra, un hombrecito feo y gordo que no tiene pelotas para ponerse a régimen y perder peso. ¡Hostia! casi le recomendé anfetaminas, le cortarían el apetito y, a la vez, le darían empuje. Esto es lo que necesita, probablemente. Sentado frente a mí, espiándome a través de sus gafas, esperaba que le contase algunos detalles espeluznantes. Estar frente a este hombre es lo peor que me ha ocurrido.

## Marzo 5

Jackie me hizo llegar dos estimulantes ingleses al pasarme las pruebas escolares. Esta noche, cuando todos estén en la cama, me «elevaré» yo solita. ¡Estoy impaciente!

*( ¿ )  (A partir de aquí, el material no tiene fecha. Fue escrito en hojas sueltas, en trozos de papel distinto, bolsas, etcétera.)*

Parece que estoy en Denver. Cuando estaba drogada, salí de casa e hice autostop hasta aquí, pero ahora todo parece demencialmente tranquilo e irreal, tal vez porque es muy temprano. Así lo espero, pues sólo tengo los veinte dólares que saqué de los pantalones de papá, pero nada más.

*( ¿ )*

Encontré dos chicos por ahí y comparto con ellos este sitio, pero dicen que es muy aburrido por aquí y nos vamos a Oregón, a ver qué pasa en la Bahía de Coos. Tenemos ácido suficiente para estar drogados las dos próximas semanas o para siempre, y esto es lo que importa.

*Marzo...*

No tengo más ropa que la que llevaba puesta al salir de casa, y estoy tan sucia que la ropa parece haber crecido conmigo. En Denver nevaba, pero aquí, en Oregón, hay una humedad tan penetrante que es mucho peor. He cogido un resfriado cabrón y me siento para el arrastre. Me ha llegado la menstruación y no tengo ni un «Tampax». Diablos, que bien me iría un buen trago.

*( ¿ )*

Anoche dormí acurrucada bajo un arbusto. Hoy está lloviznando y no puedo encontrar a ninguno de los chicos con los que salí de Denver. Finalmente me fui a una iglesia y le pregunté al portero o quien fuese qué podría hacer yo. Me dijo que podía sentarme allí hasta que parase la lluvia y luego ver si encontraba algún sitio como los que suele tener el Ejército de Salvación. No me quedará más remedio, pues sé que tengo fiebre, además estoy chorreando y tan sucia y apestosa que apenas puedo soportarme. Para compresas intento servirme de algunas toallas de papel que hay en los lavabos, pero, caray, qué incómodo es. Si por lo menos tuviera un estimulante.

Es bonita esta iglesia. Pequeña, tranquila y limpia. Me siento espantosamente desplazada y empiezo a encontrarme tan horriblemente sola que debo largarme. Procuraré encontrar la misión, o lo que sea, bajo la lluvia. Sólo espero no perder las malditas toallas de papel en medio de la calle.

*Más tarde*

Verdaderamente, es un sitio estupendo. Me han dejado duchar, me han proporcionado ropa limpia y algunos paños higiénicos, y me han dado de comer, aunque les he advertido que no aceptaría ninguno de sus reglamentos. Querían que me quedase unos días, mientras se ponían en contacto con mis padres y se llegaba a un

103

acuerdo, pero mis padres no están dispuestos a dejarme drogar y yo no quiero renunciar a la droga. El individuo ha sido realmente agradable. Incluso me llevará a un dispensario para que me curen el resfriado. Me siento verdaderamente mal y tal vez el buen doctor me dé algo para mejorarme, algo, cualquier cosa, por ejemplo... Espero que el viejo éste se dé prisa y podamos irnos ya.

De nuevo es... lo que sea. En la sala de espera del doctor he conocido a una chica llamada Doris y me dijo que podría compartir su petate, pues la pareja con la que vivía y su novio habían reñido durante la noche. Luego, el doctor me puso una inyección y me dio un frasco de vitaminas. Vitaminas, ¡qué te parece! Dijo que mi cuerpo está agotado y desnutrido, como el de todos los chicos que le visitan. Pero fue realmente agradable. Pareció preocuparse y me pidió que regrese dentro de unos días. Le dije que ni siquiera tenía pan; él se echó a reír y contestó que le extrañaría mucho que tuviera.


( ¿ )


Por fin se paró la perra lluvia. Doris y yo cruzamos toda la Bahía de Coos. ¡Qué tiendas hay por allí! Le hablé de la que Chris y yo habíamos abierto. Doris quiere que tengamos un sitio en cuanto reunamos unas migajas, pero, en cierto modo, ya no tiene importancia. Doris tiene una lata llena de marihuana y fumamos un buen rato. Estábamos algo drogadas y todo parecía elevarse, aunque mi trasero sigue arrastrándose.

*( ¿ )*

Es bastante bueno poder estar viva. Adoro la Bahía de Coos y adoro el ácido. La gente de aquí, por lo menos en este sector de la ciudad, es hermosa. Entienden la vida y me comprenden. Puedo hablar como quiera y vestir como me dé la gana; a nadie le importa. Mirar los carteles de los escaparates, deambular por los alrededores de la estación de autobuses en Greyhound para ver quien llega, resulta apasionante. Fuimos a un sitio donde se hacen carteles, y cuando tengamos pasta ayudaré a Doris a cubrir las paredes con ellos. Entramos a la cafetería de los Almacenes Gratuitos Digger y la tienda Psichedelic. Mañana vamos a ver el resto de los lugares más interesantes de la ciudad. Doris lleva aquí unos dos meses y conoce a todos y todo. Me quedé estupefacta cuando supe que sólo tiene catorce años. Yo creía que era una enanita inmadura de dieciocho o diecinueve.

*( ¿ )*

Anoche, Doris estaba verdaderamente decaída. Hemos agotado la «hierba» y el dinero, tenemos hambre y la maldita lluvia ha empezado a fastidiar de nuevo. El cuartito donde estamos tiene sólo un infiernillo y no parece dar ningún calor. Mis oídos y mis cavidades nasales —como se nota que me he instruido con la televisión— diríase que están llenos de cemento, y mi pecho parece presionado por una mano de acero. Deberíamos salir a ver si conseguimos algo gratis para comer, pero bajo la lluvia no vale la pena intentarlo. Tendremos que conformarnos otra vez con pastas y cereal seco. Las dos hemos criticado a los turistas, a los mangantes y a los mendigos que hay por aquí, pero creo que mañana trataré de agregarme a ellos a ver si consigo «pasta» para comprar comida y hierba. Tanto Doris como yo lo necesitamos en extremo.

Oh, quién pudiera estar drogada, encontrar alguien que te diera un «pinchazo» o algo... Me han dicho que el «paregoric» es formidable. ¿Por qué no tendré lo suficiente para acabar con este lío de mierda?

Estuve durmiendo y no sé cuánto tiempo; un día, una semana, un año, ¿a quién diablos importa?

La maldita lluvia todavía es peor que ayer. Es como si todos los cielos nos mearan encima. Traté de salir una vez, pero tengo un resfriado tan fuerte que antes de llegar a la maldita esquina me había congelado hasta el culo, de modo que regresé y me metí de nuevo en cama, toda vestida, toda encogida, para reunir el calor que le queda a mi cuerpo y no morirme de frío. Debo tener mucha fiebre, pues no dejo de flotar a la deriva, y ésta es la única bendición que me impide castañear. ¡Oh, necesito tremendamente una chupada! Quiero gritar, golpearme la cabeza contra la pared y trepar por las malditas, polvorientas, descoloridas, raídas cortinas. Tengo que salir de aquí. Debo largarme antes de que estalle en mil pedazos. Estoy aterrada; me encuentro sola y estoy enferma. Nunca estuve tan enferma en mi vida.

Traté de no pensar en mi casa hasta que Doris empezó a contar su cabrona vida, y ahora ya no puedo evitarlo ¡Ah!, si tuviera dinero suficiente volvería con los míos o les llamaría. Mañana iré a la iglesia y les pediré que telefoneen a mi familia. No sé por qué he sido tan idiota cuando siempre se portaron tan bien conmigo. La pobre Doris no ha conocido más que el estiércol desde temprana edad. Su madre se había casado cuatro veces cuando Doris alcanzó los diez años, y, en el intervalo, había trotado con varios hombres. Cuando Doris tenía apenas once, su padrastro empezó a tener relaciónes sexuales con ella y la pequeña estúpida ni siquiera supo qué hacer, pues él le dijo que la mataría si se lo contaba a su madre o a quien fuera. De modo que dejó que el hijo de perra la zumbara hasta que tuvo doce años. Luego, un día que le había hecho mucho daño, le dijo a su profesor de cultura física por qué no podía hacer los ejercicios. El maestro la sacó de allí y la metió en un reformatorio hasta encontrarle un hogar adoptivo. Pero tampoco éste resultó mejor. Dos de los chicos de la casa se la cargaron y, luego, la chica mayor también se la cargó y la inició a la droga, y así emprendió la ruta homosexual. Desde entonces, se quitó definitivamente las bragas y se metió en la cama con el primero que abriera las sábanas o apartase los arbustos.

Oh, padre, tengo que salir de este lodazal; me está chupando y ahogándome. Tengo que largarme antes de que sea demasiado tarde. Mañana. Mañana, seguro. Cuando pare la maldita lluvia.

( ¿ )

¿A quién puede importarle? Por lo menos la maldita lluvia ha cesado. El cielo está tan azul como nunca lo estuvo en esta zona, pues imagino que no debe ser frecuente. Doris y yo vamos a largarnos de este asnal lugar. Va a celebrarse una congregación en el sur de California. ¡Hurra! ¡Allá vamos!

( ¿ )

Ahora sí que estoy verdadera, literal y completamente asqueada. Quisiera vomitar sobre este mundo de mierda. Casi todo el trayecto lo hicimos en la cabina de un camión conducido por un gordo y baboso cerdo que nos recogió en la carretera y se divirtió maltratando físicamente a Doris y haciéndola llorar. Cuando paró para cargar gasolina, Doris y yo escurrimos el bulto pese a que el individuo nos había amenazado. ¡Qué follón! Finalmente nos recogió gente de nuestra especie y compartieron su hierba con nosotras, pero debía ser de cultivo casero porque era tan cabronamente floja que apenas nos elevó de tierra firme.

( ¿ )

La congregación fue algo formidable; ácido, alcohol y hierba, libres como el aire. Todavía están goteando sobre mí los divinos colores, y la grieta de la ventana es hermosa. Esta vida es bella. Es tan diabólicamente bella que apenas puedo soportarla. Y yo soy una gloriosa parte de ella. ¡Todos los demás ocupan, simplemente, un espacio! Maldita y estúpida gente. Quisiera mostrarle la vida embutiéndosela por el gaznate, entonces tal vez comprenderían lo que es.

Junto a la puerta, una chica gorda de larga y enmarañada cabellera se arrodilla sobre una bata verde y púrpura. Está con un chico que lleva una argolla en la nariz y, sobre el cráneo rapado, dibujos multicolor. Se dicen mutuamente: «amor», «amor». El espectáculo es bello. Color entremezclado con otro color. Gente entremezclada. Color y gente haciéndose el amor.

( ¿ )

No sé qué, cuándo, dónde ni quién es. Sólo sé que ahora soy Sacerdotisa de Satanás tratando de mantenerme de pie tras una prueba que mostrará lo libres que somos y después de hacer nuestros votos.

( ¿ )

Querido Diario:

Me siento apaleada y meada por todo el mundo. Realmente confusa. Aquí he sido el agujero de todos, pero ahora, cuando veo una chica, es como si viera un chico. Me excito y me siento toda removida por dentro. Quiero cargarme la chica, pero luego me quedo rígida y aterrada. De un lado me siento fantásticamente bien, y de otro terriblemente mal. Quiero casarme y tener hijos, pero estoy asustada. Preferiría gustar a un chico que a una chica. Preferiría acostarme con un chico, pero no puedo. Supongo que me he vuelto algo golfa. A veces quiero ser besada por una de las chicas, quiero que me toque, dormir sobre ella, y entonces tengo una sensación horrible. Me considero culpable y esto me pone mala. Luego pienso en mi madre. Quiero gritarle, pedirle que me haga un sitio en casa porque voy a volver, y me siento como un hombre. Después me enfermo y no quiero a nadie, y debería salir a trotar por ahí. Realmente enferma. Verdaderamente fuera de quicio.

( ¿ )

Querido Diario:

Han transcurrido mil años lunares, del tiempo lunar. Todo el mundo ha estado contando historias menos yo. No tengo nada digno de contar. Todo lo que puedo hacer es dibujar monstruos, órganos internos y odiar.

*( ¿ )*

Un día más y otro soplo por todo trabajo. La tuerca va apretando, apretando hasta lo insoportable. Si no le dejo soplar, el Gran Asno me dejará sin ración. Es infernal; tiemblo más por dentro que por fuera. ¡Qué mundo cabrón cuando no hay droga! El asqueroso egoísta que quiere acostarse conmigo sabe que no puedo con mi alma, pero me quita el único medio de abastecerme que yo conozco. Casi estoy dispuesta a acostarme con el Gato con Botas o el Moro Muza; con todo el auditorio con tal de que me den un buen «pinchazo». ¡Maldita sea!

Gran Asno me obliga a que lo haga antes de darme la mercancía. Todo el mundo está acostado en torno, como muertos, y pequeño Jacon está chillando: «Mamá, papá, ahora no podéis entrar. Se está fumando a Carla». Debo salir de este antro de mierda.

(¿)

No sé qué día, qué año ni qué hora es; ni siquiera sé en qué ciudad estoy. Seguramente he estado en la oscuridad total o me dieron píldoras defectuosas. La chica tumbada a mi lado, sobre la hierba, está pálida y tiene un aire de Mona Lisa, además está preñada. Le pregunté qué piensa hacer con el bebé y se limitó a contestarme: «Pertenecerá a todo el mundo. Nos lo repartiremos».

Quise ir en busca de algún revendedor, pero el asunto del bebé me intrigaba de verdad. Por eso le pregunté si tenía algún estimulante; ella movió la cabeza como una estúpida, sin expresión alguna, y me di cuenta de que estaba quemada por completo. Tras ese hermoso rostro de piedra no queda más que un montón de cenizas secas, y ya sólo es capaz de permanecer acostada como una boba, como un pedazo de estúpida mierda que no puede hacer nada.

Por lo menos yo ni estoy quemada ni estoy preñada. O acaso lo esté. No podría tomarme la maldita píldora aunque tuviera. No hay drogada que pueda tomarla, porque nunca sabe en qué fecha está. De modo que, a lo mejor estoy preñada. ¿Y qué? En algún lugar anda rondando un practicante que se encarga de estas cosas. Tal vez me metan uno de esos órganos monumentales en el curso de una orgía y me lo eche fuera. O a lo mejor mañana estalla esa bomba hija de perra. ¿Quién sabe?

Cuando doy un vistazo a todos estos pingajos pienso que, en realidad, somos una banda de fenómenos sin arrestos. Nos meamos encima cuando alguien nos dice lo que hay qué hacer, pero no sabemos qué hacer si no viene un gordo cabrón y nos lo indica. Qué piensen los otros por nosotros; que trabajen y actúen por nosotros. Que construyan las carreteras, coches y casas; que hagan marchar la electricidad y el gas, y el agua y las alcantarillas. Nosotros nos limitaremos a sentarnos sobre las ampollas de nuestros traseros, nuestros cerebros estallando y los brazos cruzados. Estoy hablando como una maldita funcionaria de la administración. Ni siquiera tengo una píldora para quitarme el mal gusto de la boca o para quitar de mi cabeza todas estas ideas de porquería.

*¿Cuándo?*

Una gota de lluvia acaba de aplastarse en mi frente y ha sido como una lágrima del cielo. ¿No estarán llorando por mí las nubes y los cielos? ¿Estoy realmente sola en el gris y vasto mundo? ¿Es posible que incluso Dios llore por mí? Oh no... no... no... Me estoy volviendo loca. Dios mío, ¡ayúdame por favor!

*( ¿ )*

Mirando el cielo llego a la conclusión de que amanece. He estado leyendo un periódico que el viento trajo a mi vera. Dice que una chica ha parido en el parque, otra tuvo un aborto y dos muchachos no identificados murieron de una sobredosis en el curso de la noche. ¿Por qué no habré sido yo una de ellos?

*Otro día*

Por fin he hablado con un viejo sacerdote que realmente entiende a los jóvenes. Hemos tenido una interminable conversación sobre el porqué se fugan los jóvenes de sus hogares; y luego llamó por teléfono a mamá y papá. Mientras esperaba con él a que le dieran la comunicación me miré en el espejo. No puedo creer que haya cambiado tan poco. Esperaba tener un aspecto avejentado, demacrado y gris, pero creo que pese a que interiormente me he marchitado y deteriorado, sigo siendo yo. Mamá contestó por el teléfono de la sala y papá corrió al primer piso para escuchar con el extensible. Entre los tres casi ahogamos la línea. No concibo que puedan quererme todavía, y que aún me quieran en casa, pero así es. Me quieren. Me quieren en casa. Se alegraron de oírme y de saber que estoy bien. Y no hubo recriminaciones, ni me regañaron, ni me dieron un sermón ni nada. Es raro que cada vez que me ocurre algo papá lo deje todo y corra a mi encuentro. Creo que si estuviera efectuando una misión de paz que afectase a toda la humanidad y al universo, la dejaría por mí. ¡Me quiere! ¡Me quiere! ¡Me quiere de verdad! Ojalá pudiera yo amarle a él. No sé cómo he podido tratar a mi familia como la he tratado. Pero voy a renunciar a todo por ellos. Se acabó toda esta mierda. Ni siquiera voy a hablar, o a pensar sobre ello. Voy a dedicar el resto de mi vida a tratar de complacerles.

( ¿ )

Querido Diario:

No podía dormir y por eso he estado deambulando por las calles. Tengo un aspecto muy grave porque no quiero que mis padres me encuentren rara cuando lleguen. He recogido mi pelo en la nuca, con una cola de caballo, y he cambiado mi ropa con la de una muchacha, la más conservadora que hallé; también me he calzado un par de zapatos de tenis que encontré en el arroyo. Al principio, los chicos con quienes hablé en la cafetería se notaban algo cohibidos a causa de mi aspecto, pero cuando les dije que había llamado a mi familia para que me llevaran a casa, todos parecieron contentos.

Parece inconcebible que durante el tiempo que Chris y yo estuvimos en Berkeley no llegásemos a saber nada sobre ninguno de los muchachos y muchachas que tratamos. Fue, sencillamente, un gran lavadero público donde se despellejaba y se demolía todo y a todos. Esta noche me han hablado de Mike y Marie, de Heidi y Lilac y muchos más. Probablemente utilizaré el resto de las páginas para escribir sobre ello y esto será bueno porque cuando llegue a casa quiero un libro nuevo y limpio.

Tú, querido Diario, serás mi pasado. El que compraré cuando llegue a casa será mi futuro. De modo que ahora debo darme prisa y escribir sobre la gente que he conocido esta noche. Me extraña enormemente que tantos padres y chicos tengan tantos disgustos con el asunto de su pelo. Mis padres siempre me estaban pinchando a causa del mío. Querían que lo enrollara o lo cortara, que lo apartara de la cara, que me lo recogiera en la nuca, etcétera, etcétera. A veces pienso que éste fue el mayor obstáculo entre ellos y yo. Conocí a Mike en la cafetería y, tras explicarle cual era mi situación y mi curiosidad sobre los motivos de tantas fugas de jóvenes, se volvió muy comunicativo y me dijo que el pelo había sido también uno de sus problemas. Su papá llegó a enfadarse tanto que en dos ocasiones le hizo rapar a la fuerza, la cabeza y las patillas. Mike dijo que sus padres le arrebataban su libertad y su poder de decisión. Lo estaban deshumanizando, mecanizando, moldeándolo a la fuerza como a su padre. Ni siquiera le permitían elegir las clases que debía tomar en la escuela. Él quería estudiar arte, pero sus padres dijeron que sólo los golfos y los pusilánimes eran artistas. Acabó abandonando la casa para preservar su personalidad y su sano juicio. Entonces le hablé a Mike sobre el sacerdote que encontré en la iglesia y de sus esfuerzos por lograr un nuevo compromiso entre mis padres y yo. Espero que él vaya también a verlo.

Después hablé con Alicia, a quien encontré, drogada, sentada en el bordillo de la acera. Ella ignoraba si había huido de algo o si escapó para hacer algo, pero reconoció que, en el fondo de su alma, quería volver a su casa.

Con los otros que hablé —aquellos que tenían casa—, parecían deseosos de volver, pero tenían la sensación de que no podrían, ya que ello suponía renunciar a su identidad. Me hicieron pensar en esos centenares de miles de chicos y chicas que abandonaron sus familias y deambulan de un lugar a otro. ¿De dónde salieron? ¿Dónde consiguen un techo cada noche? La mayoría carece de dinero y ya no tiene dónde ir.

Creo que cuando vuelva a la escuela me dedicaré a orientar niños. O quizá fuese preferible hacerme psicóloga. Al menos podría comprender en qué situación están los chicos y ayudar a compensar el mal causado a mi familia, a repararlo. Tal vez ha sido bueno haber sufrido tanto, pues esto me hará más comprensiva y tolerante con el resto de la humanidad.

Oh, querido, maravilloso, fiel y amistoso Diario mío: esto es lo que haré, exactamente. Dedicaré el resto de mi vida a ayudar a la gente como yo. ¡Me siento tan buena y dichosa! Por fin tengo algo que hacer para el resto de mi existencia. Se acabaron las drogas. Sólo probé lo más fuerte unas cuantas veces y no me gusta. No me gusta ninguna. Ni los estimulantes ni los tranquilizantes. He roto con todo el asunto. Absolutamente, completamente. Por los siglos de los siglos.

*Más tarde*

Acabo de leer lo que escribí en las últimas semanas y estoy anegada en mis propias lágrimas; ahogada, sumergida, inundada, aplastada. He mentido. Todo lo que cuento es una vil, amarga, maldita mentira. Nunca pude haber escrito cosas semejantes. Jamás pude hacer cosas como las que describo. Debió ser otra persona. Tiene que haber sido alguien distinto. Alguien malvado, tonto y degenerado que habrá escrito en mi libro usurpando mi vida. Sí, debió ser así. Tuvo que ser así. Pero mientras escribo sé que estoy diciendo una mentira todavía más gorda. O tal vez no. ¿Habrá sido lesionado mi cerebro? ¿Ha sido una pesadilla con visos de realidad? Creo que he mezclado cosas ciertas con otras que no lo son. No todo puede ser verdad. Debo estar loca.

Me he estado lamentando hasta quedar deshidratada, pero llamarme idiota perdida; considerarme un ser despreciable, mendicante, inservible, miserable, mezquino, ruin, lamentable, acabado, atormentado, afligido, flojo, desprestigiado, tampoco me ayudará en nada. Tengo dos opciones: o suicidarme o tratar de corregir mi vida ayudando a los demás. Éste es el camino que he de tomar, pues no debo causar a mi familia ningún sufrimiento más. Es todo lo que puedo decir, querido Diario, aparte de que te amo, amo la vida y amo a Dios. Oh, sí, amo todo esto, de verdad.

Sencillamente: no lo vale. Cada día tendré miedo de despertarme para verme convertida en lo que no quiero ser. Tendré que combatirlo cada día de mi vida y espero que Dios me ayude. Espero no haber destruido la existencia de los míos volviendo a casa. Espero que Tim y Alex no estarían mejor sin mi presencia.

*Abril* 7

Hoy, Tim y yo hemos dado un largo paseo por el parque. Le hablé honradamente sobre las drogas, después de todo, tiene trece años y conoce chicos de la escuela que fuman «hierba». Por supuesto, no le conté detalles particulares sobre mi pasado, pero discutimos de cosas importantes en la vida, tales como la religión, Dios, nuestros padres, el futuro, la guerra y todas esas cosas de que hablan los chicos cuando están drogados. Fue distinto comentándolas con Tim; fue hermoso. Tim tiene un concepto de la vida claro, decente y honorable. Me alegra que sea mi hermano. Estoy orgullosa de que sea mi hermano. Estoy satisfecha de que me vean a su lado. Estoy segura de que para él resulta embarazoso, pues todo el mundo sabe que fui una ruina y me escapé de casa. ¡Cómo he enredado mi vida! Tim y yo nos entendemos, y dice que puede servir de puente entre papá y mamá y yo misma. Es muy tolerante y trata de ver las cosas desde el punto de vista de los padres. Verdaderamente, es una persona muy especial. Me pregunto hasta qué punto no seré yo responsable de su madurez. Sé que debe haber reflexionado mucho mientras yo anduve perdida por ahí y mamá y papá enloquecían de preocupación, miedo y angustia. ¡Ah, diablos, qué idiota he sido!

*Abril 8*

Hoy llegaron los abuelitos. Fuimos a recibirlos al aeropuerto y lloré a mares. Han envejecido mucho y sé que, en gran parte, por culpa mía. El abuelo tiene el pelo totalmente gris y el rostro de la abuela está surcado de profundas arrugas que no estaban la última vez que la vi. ¡Cuántos estragos he causado en un mes! Ya en el coche, camino de casa, el abuelo me rascó la espalda como solía hacerlo siendo yo niña, y me murmuró al oído que debía olvidarme de mí misma. Es un hombre estupendo y trataré de seguir su consejo, aun sabiendo que no será fácil. Debo intentar que, de nuevo, estén orgullosos de mí.

*Más tarde*

No podía dormir y me levanté de la cama para dar una vuelta en torno a la casa. La gata de Alex acababa de parir un montón de gatitos y me senté en el portal para observarlos. ¡Fue una revelación! ¡Sin drogas! Sin nada más que unos gatitos cuya piel es el compendio de todas las suavidades del mundo. Tan suave que cerrando los ojos ni siquiera estaba segura de tocarla. Tomé el más pequeño en mis manos, el gatito llamado Felicidad, y lo acerqué a mi oreja; noté el calor de su menudo cuerpo y escuché su increíble ronroneo. Luego trató de arrullarme la oreja y lo que sentí fue tan grande que pensé que iba a abrirme de par en par. Fue mejor que un «viaje» con droga, mil veces, un millón, un trillón de veces mejor. Éstas son cosas auténticas. La suavidad no era ninguna alucinación; los rumores de la noche, los coches silbando veloces, los grillos... Y allí estaba yo, de verdad, lo escuchaba y lo oía, lo veía y lo sentía y así quiero sentir siempre la vida. Y así será.

*Abril 9*

Hoy retorné a la escuela e inmediatamente fui convocada al despacho del director. Me dijo que tenía informes sobre mi comportamiento, que yo era un ejemplo lamentable de muchacha norteamericana. Añadió, seguidamente, que soy egoísta, indisciplinada, inmadura y que no me toleraría ninguna de estas actitudes. Luego me facturó a clase como se arroja un desperdicio al cubo de la basura. ¡Qué bruto!

Si alguna vez dudé entre estudiar psicología, orientación de jóvenes u otra cosa, debo decir ahora que ya no dudo. Los chicos necesitan comprensión, ser escuchados, ser atendidos como individuos. ¡Me necesitan! La generación siguiente me necesita. Y ese pobre hombre, estúpido e idiota, que probablemente ha echado a centenares de chicos de la escuela, me ha retado; puede que todavía ahuyente a otros chicos, pero no a mí. Esta noche estudié cuatro horas y voy a echar mis estúpidos sesos hasta aprenderlo todo. Aunque me lleve siete, ocho horas cada noche. Hasta otra.

*Abril 10*

Ahora que tengo un objetivo me siento mucho más sólida. De hecho, cada día me encuentro más fuerte. Tal vez incluso podría resistir las drogas, en vez de contenerme como hice antes.


*Abril 11*

Querido Diario:

No quiero escribir esto, pues en realidad deseo borrarlo de mi mente para siempre, pero estoy tan aterrorizada que, acaso diciéndotelo, no lo vea tan terrible. Oh, Diario, ayúdame, por favor. Estoy asustada. Tan asustada que mis manos están pegajosas y tiemblo de pies a cabeza.

Supongo que he tenido una visión retrospectiva, pues estaba en mi cama, planeando el cumpleaños de mamá, pensando en lo que podría hacer para darle una sorpresa, cuando mi mente se enturbió, se enmarañó por completo. No puedo explicarlo, pero parecía como si se enrollara hacia atrás, por inercia propia, sin que yo pudiera hacer nada para detenerla. La habitación se llenó de humo y me creí en una cámara de vapor. Estábamos todos de pie, leyendo los anuncios de la ceremonia y apostando sobre los actos sexuales inconcebibles. Y empecé a reír. Y me sentí en la gloria. Era la persona más encopetada del mundo y miraba a todos por encima del hombro; el universo era un extraño conjunto de ángulos y sombras.

Luego, súbitamente, se convirtió todo en una especie de filme *underground*, lento y perezoso, y la luz verdaderamente irreal. Muchachas desnudas bailaban alrededor, haciendo el amor con las estatuas. Recuerdo que una chica pasaba la lengua por el cuerpo de una estatua, y ésta vivificó llevándose la chica hacia lo más alto de la hierba azul. No podía ver exactamente lo que hacían, pero era evidente que él la estaba besando. Sentí el sexo tan intensamente que quise abrirme paso para correr detrás de ellos. Después cambió la escena y me vi en la calle, mendigando, gritándole a los turistas: «Poderosos entre todos los poderosos: ojalá esta noche tengáis un momento de erotismo con vuestro perro».

Luego me sentí como sosegada, de pie, entre las luces cambiantes y movedizas, bajo los fanales. Todo daba vueltas a mi alrededor. Yo era una estrella a la deriva, un cometa surcando el firmamento, brillando en el cielo. Cuando finalmente me recobré, estaba tendida, desnuda, sobre el suelo.

Todavía no puedo creerlo. ¿Qué me pasa? Estaba en la cama, pensando en el aniversario de mi madre, escuchando discos cuando: ¡bam!

Tal vez no fuera una visión retrospectiva. Acaso esté esquizofrénica. Esto suele darse con frecuencia en los adolescentes que pierden contacto con la realidad. ¿No es así? Sea lo que sea, estoy perdida. Ni siquiera puedo controlar mi mente. Las palabras que escribí cuando estaba fuera de la realidad son simplemente líneas, caminos con mucha escoria intercalada de símbolos. ¿Qué voy a hacer? Necesito hablar con alguien. Realmente, desesperadamente, verdaderamente lo necesito. Oh, Dios, ayúdame, por favor. Tengo tanto miedo, tanto frío, tanta soledad. Sólo te poseo a ti, Diario mío. Tú y yo: ¡vaya pareja!

*Más tarde*

He hecho algunos problemas de matemáticas e incluso he leído algunas páginas. Por lo menos, aún puedo leer. He aprendido unas líneas de memoria y, ahora, mi cerebro parece funcionar bien. También hice ejercicio y creo tener el control de mi cuerpo. Pero desearía hablar con alguien, alguien que sepa lo que pasa y lo que pasará. Pero no tengo nadie a quien hablarle así, de modo que deberé olvidarlo. Olvidar, olvidar, olvidar y no mirar atrás. Miraré hacia adelante, hacia la fiesta de cumpleaños de mamá. Tal vez pueda conseguir que Tim y Alex la lleven al cine, a la sesión matinal, y cuando llegue a casa se encuentre preparada una magnífica cena. Me haré a la idea de que todo ha sido una pesadilla y lo olvidaré. Por favor, Dios mío, deja que lo olvide y no permitas que ocurra otra vez. Te lo ruego, te lo ruego, te lo ruego...

*Abril 12*

Hoy he estado tan ocupada que ni una sola vez he pensado en ello. Creo que para mañana me peinaré al gusto de mamá. Esto la haría feliz.

*Abril 13*

Ha sido un aniversario maravilloso. Tim y Alex llevaron a mamá a una sesión de cine de la tarde y la película le gustó más que a ellos. Papá tuvo que trabajar hasta muy tarde en su despacho, y me alegré, pues si él hubiese estado en la cocina me habría sentido cohibida, no hubiese dado pie con bola, pero todo salió admirablemente. La cocina tenía un aspecto como el de esas que salen en la revista *Setter Homes and Garden's*, sólo que mejor, pues olía bien. Los espárragos eran magníficos y tiernos y los pasteles exactamente como los habría hecho la abuelita. La verdad es que me habría gustado que hubiese estado con nosotros, se habría sentido orgullosa de mí. Tomamos un cóctel de fruta fresca, ensalada de lechuga con tiras de tocino fino, que tal vez estaba demasiado marchita, pero todo el mundo fingió no darse cuenta. Papá bromeó conmigo y aseguró que no le extrañaría que un día me convirtiera en la buena esposa de algún buen joven. Espero que no haya visto las lágrimas que había en mis ojos, pues lo anhelo tanto, ¡tanto!

Como postre comimos helado de pera con melocotones helados, y esto sí que fue maravilloso, particularmente por ser la primera comida completa enteramente preparada por mí. Alex le había hecho a mamá un platito de cerámica en forma de mano, la mano de mamá. Es realmente encantador pues, con ayuda de su maestra en los Boy Scouts, lo hizo ella sin que mamá lo supiera. Antes yo tenía un poco de celos de Alex, y supongo que me comporté con hostilidad hacia ella aunque la quisiera. Pero ahora las cosas son distintas. Verdaderamente, siento crecer en mí algo nuevo, maravilloso y fascinante. ¿No será lo que llaman amor extra hacia cada criatura que nace?

¡Oh, cómo desearía que algún día alguien quisiera casarse conmigo!

*Abril 14*

Esta mañana me levanté temprano para bañarme sin prisas, antes de que Tim y Alex empezasen a golpear la puerta del cuarto de baño. Fue magnífico. Me encanta ir despacio y disfrutar de la vida. Después de depilarme piernas y sobacos contemplé mi cuerpo críticamente por primera vez en mi vida. Es un cuerpo agradable, pero de busto pequeño. ¿No mejoraría haciendo ejercicio? Pero entonces tendría miedo de parecer una vaca lechera. Estoy contenta de ser una chica. Incluso me gusta tener la regla. Creo que nunca quise ser un muchacho. Muchas chicas desearían serlo, pero yo no. Es difícil creer que llegué a tal punto de perdición que ni siquiera supe lo que era. Oh, cómo desearía borrar este podrido pasado. Sé que el abuelo tiene razón. Debo perdonar y olvidar, pero no puedo. Sencillamente, no puedo. Cuando estoy pensando las cosas más agradables aparece el feo y negro pasado, irrumpiendo en mi mente como una pesadilla. Y mi jornada queda hecha polvo.

*( ¿ )*

¿Sabes qué, Diario? Tu genial amiga ha salido bien en su examen de inglés. Lo sé porque ha sido fácil y creo haberlo hecho tan perfecto como en matemáticas. Puede que se me hayan escapado dos o tres cosas, pero estoy segura de que no ha habido más. ¿No es estimulante?

*Abril 19*

¡Ya empezamos otra vez! Me encontré con Jan en el centro y me invitó a una fiesta para esta noche. Ninguno de los chicos cree que vaya a quedarme al margen, piensan que la mayoría de los que han estado metidos son, sencillamente, más cautelosos y discretos. Cuando le contesté a Jan: «No, gracias», se limitó a sonreír. Y me produjo un miedo mortal. No dijo ni una palabra, sólo me sonrió, como diciéndome: «Sabemos que volverás». Y yo espero que no. Verdaderamente, espero que no.

*Abril 21*

George se limitó a saludarme con el «hola» más frío. Es totalmente evidente que está en la buena vía y no quiere ningún trato con drogados. Todos los chicos de la escuela saben quién es quién, y yo deseo codearme con los que van por el buen camino, aunque ignoro cómo lo conseguiré con la reputación que me han colgado. No podría decírselo ni a mamá ni a papá, pero, verdaderamente, me encantaría salir con chicos. No me refiero a la pandilla de la marihuana, sino con chicos bien. Me gustaría que un muchacho me abrazara en el cine. ¿Pero cómo salir con chicos serios? Todo el mundo sabe que sexo y droga van juntos y, por lo que a mí se refiere, considero a esa pandilla como unos leprosos, y así lo creen los chicos serios. Lo triste es que todavía me consideran una de aquéllos, y me imagino que siempre será así. Es extraño que haya hecho tanta vida sexual y me sienta como si no lo hubiese hecho en absoluto. Sin embargo, quiero que alguien sea bueno conmigo, me acompañe a casa, me bese dándome las buenas noches. ¡Qué risa! Perdóname, Diario. ¡Hago tantos esfuerzos por ver las cosas desde un ángulo positivo! Pero no puedo. No puedo. Eres el único a quien abro mi alma. Quiero salir, y estallar, y reventarlo todo de nuevo. Pero en el interior me siento vieja, y dura, y probablemente responsable de que haya hoy tantos escolares de primaria drogándose y haciendo que se droguen otros a su alrededor. ¿Me lo perdonará Dios alguna vez? ¿Querrá perdonármelo?

Será mejor que tome un baño antes de que mis padres oigan estos estúpidos, insensatos sollozos que no puedo controlar.

A ti, gracias por escucharme.


*Abril 24*

Los chicos han empezado a importunarme. Hoy, en dos ocasiones, Jan me abordó en el vestíbulo y me llamó:

«María, la Pura» y «Mosquita muerta». Pero hizo impacto. Esta vez me afectó de verdad y comienzo a sentirme tan decaída que voy a pedirle a mamá y a papá que me trasladen a otra escuela. El problema es, adónde ir para que nadie se entere de quien soy. ¿Y cómo decírselo todo a mis padres para que me cambien? No lo sé, realmente no sé qué voy a hacer. Incluso he empezado a rezar todas las noches, como solía hacerlo de pequeña, pero ahora no me limito a pronunciar palabras. Suplico, imploro... Buenas noches, Diario.

*Abril 27*

Es terrible no tener una amiga. ¡Estoy tan sola y tan solitaria! Creo que es peor hacia el fin de semana que a principios, pero, no sé. Todos los días son bastante malos.

*Abril 28*

Hoy me han devuelto algunos de mis ejercicios escolares y no tengo ninguna puntuación inferior a B. He empezado un fichero estadístico sobre juventud y droga. Algún día hablaré de ello, cuando no tenga que pasar cada minuto estudiando.

*Mayo 1*

El abuelo ha tenido un ataque de corazón. Ocurrió durante la noche y mis padres toman esta tarde el avión para ir a verle. Cuando salgamos de la escuela habrán partido ya. ¡Qué buenos son! Lo que más les preocupaba era tener que dejarme. Estoy segura de que saben lo sola y frustrada que me encuentro, y que, en el fondo, sufren tanto por mí como yo por el abuelo. Antes pensaba que la única que sentía las cosas era yo, pero realmente no soy sino una parte infinitamente pequeña de la humanidad que sufre. Es bueno que la gente sangre por dentro, de lo contrario, nuestro planeta estaría empapado de sangre.

¡Qué sola se quedará la abuelita si muere el abuelo! No puedo imaginármela sin él. Sería como partir una persona en dos. Viejo y dulce abuelito; solía llamarme su «General de Cinco Estrellas». Pienso escribirle antes de ir a la escuela y firmaré mi carta: «El General de Cinco Estrellas» del abuelito. Nadie sabrá de qué hablo, pero él sí. Hasta ahora.


*( ¿ )*

Acaba de llamar papá para saber si estamos bien y decirnos que el abuelo está peor. Su estado es comatoso y todos estamos muy conmovidos, particularmente Alex. Cuando la acosté le di un beso, como suele dárselo mamá, y entonces me pidió si podría dormir en mi cama, conmigo, para no asustarse de noche ¿Qué decirle a quien, como nosotras, está tan afligida por dentro?

Luego me fui al cuarto de Tim y le di las buenas noches con un beso. También está muy impresionado, y creo que andamos todos muy deprimidos, incluso papá.

*Mayo 4*

Tim, Alex y yo nos levantamos a la misma hora, arreglamos nuestras habitaciones, preparamos los desayunos y fregamos la vajilla juntos. Somos realmente eficientes, aunque no lo creas.

Debo irme a la escuela, pero escribiré más esta noche, si no ocurre algo gordo o trágico.

*9.50 P. M.*

Llamó papá, pero las cosas siguen igual. El abuelo está algo peor, pero resistiendo. No puede decir todavía cómo saldrá de ésta. No obstante, parece que su estado es crítico. Alex se me agarró al cuello y lloró; yo también tengo ganas de hacerlo. La casa, sin papá ni mamá, se ve enorme, solitaria y callada.

*Mayo 5*

El abuelo murió durante la noche. Pasado mañana, el doctor ———, de la universidad, nos llevará a Tim, Alex y a mí al aeropuerto, para asistir al funeral. Parece increíble que no vaya a ver más al abuelito. ¿Qué le habrá pasado? Espero que no tenga que verlo así, frío y muerto. No puedo concebir que el cuerpo del abuelo sea devorado por la gusanera. No puedo soportar la idea. Quizás el líquido que usan para embalsamar permita a un cuerpo convertirse en polvo. Ojalá sea así.

*Mayo 8*

No podía creer que *aquello* dentro del ataúd era el abuelo. Un simple esqueleto agotado y cubierto de pellejo. He visto ranas, pájaros, lagartos y pollos muertos, pero esto ha sido terrible. Parecía irreal. Casi como un mal «viaje». Estoy contenta de no haberme atascado en ninguno, aunque si hubiera fallado el primero tal vez no habría habido otro. En este sentido, ojalá hubiese salido mal. La abuelita estaba tranquila y cariñosa. Pasó una mano por encima de mis hombros y otra por los de Alex. Valerosa y animosa abuelita, ni siquiera lloró durante el largo, largo funeral. Se quedó allí, sentada, con la cabeza gacha. Era algo insólito, casi irreal, pues tuve la sensación de que el abuelo estaba a su lado. Más tarde lo comenté con Tim y él tuvo la misma impresión.

Lo peor fue cuando bajaron el cuerpo del abuelo a la fosa. Realmente fue lo peor de este mundo. Alexandria y yo llorábamos, aunque nadie más llorase en la familia. Traté de ser tan fuerte y de controlarme como ellos, pero no pude. Mamá, papá y la abuelita se secaban los ojos de vez en cuando, Tim sorbía constantemente sus lágrimas, y Alex, claro, es una niña, pero yo di el espectáculo, como siempre.

*Mayo 9*

Esta noche la abuelita se viene con nosotros y se quedará en casa hasta el final del curso escolar. Después regresaré aquí con ella para ayudarla a organizar su traslado a nuestra casa, ya que vivirá allí mientras no encuentre un pequeño apartamento que no le quede muy lejos.

No recuerdo haber estado nunca tan cansada como estoy ahora. No concibo cómo puede la abuelita sostenerse cuando yo apenas consigo moverme. Todos tenemos un aspecto como si hubiésemos sufrido una enfermedad interminable. Incluso la pequeña Alex va a rastras. ¿Cuánto tiempo tardaremos en adaptarnos a vivir sin el abuelito? ¿Volveremos a ser los de antes? ¿Cómo se las arreglará nuestra querida abuelita? Cuando esté instalada en su nuevo apartamento viviré con ella a menudo, la llevaré al cine, daremos largos paseos, y cosas así...

*Mayo 12*

Esta mañana, al mirar por la ventana, vi puntas de hierba verde brotando de la tierra, y empecé a llorar de nuevo sin poder controlarme. Realmente, no comprendo la resurrección. No puedo imaginarme el cuerpo del abuelo pudriéndose, desmigándose, descomponiéndose y regresando a nosotros. Tampoco concibo que un pequeño bulbo de gladíolo, marchito y reseco, pueda florecer de nuevo. Supongo que Dios es capaz de reagrupar de nuevo átomos y moléculas de los cuerpos si un bulbo de gladíolo, que ni siquiera tiene cerebro, puede hacerlo. Esto me hace sentir mucho mejor y no sé cómo pude pensar que comprendería la muerte cuando ni siquiera consigo entender lo que es la televisión o la electricidad, ni el sistema estereofónico. La verdad es que comprendo tan pocas cosas que ni siquiera sé cómo he podido existir.

Una vez leí en algún sitio que el hombre utiliza menos de la décima parte de su capacidad mental. Imagínate el noventa por ciento restante pensando acertadamente y utilizando cada partícula de ese pensamiento. Sería, sencillamente, glorioso. Imagínate qué planeta perfecto y maravilloso sería el nuestro si los cerebros fuesen noventa veces más eficientes que ahora.


*Mayo 14*

Anoche tuve una pesadilla; vi el cuerpo del abuelo cubierto de gusanos y alimañas y pensé en lo que me ocurriría si yo muriera. Los gusanos no hacen distinción bajo tierra. Nada les importaría que yo sea joven, lozana, de carnes firmes y tersas. Por suerte, mamá me oyó gemir, vino a mi cuarto y me ayudó a volver en mí. Luego bajamos y me tomé un vaso de leche caliente, pero yo estaba tiritando y no podía decirle lo que había pasado. Estoy segura de que mamá ha creído que se trataba de algo relacionado con los días que estuve fuera, durante mi fuga; pero no le pude decir lo que era porque es más horrible.

Después de tomar la leche seguía tiritando y entonces nos calzamos y salimos a dar una vuelta. Incluso con la bata sobre nuestra ropa de dormir, se notaba el frío. Hablamos de un sinfín de cosas, de la posibilidad de que yo llegue a ser una trabajadora social o algo semejante, pues a mamá le gustaría mucho que yo ayudase a otros. Verdaderamente es muy comprensiva. Todo el mundo debería tener la suerte que yo tengo.

*Mayo 15*

Me he esforzado por concentrarme en los estudios. Ignoraba que la muerte pueda arrebatarle tanto a una persona. Me siento totalmente vacía y cualquier cosa me exige gran esfuerzo.

*Mayo 16*

Papá me ha llevado hoy a una concentración contra la guerra, que ha tenido lugar en la universidad. Está muy preocupado e impresionado por los estudiantes y me habló como si yo fuera un adulto. Lo disfruté de verdad. A papá no le preocupan tanto los estudiantes militantes —con los cuales dice que habría que ser muy severo— como los chicos que puedan ser influenciados por ideas erróneas. También a mí me preocupan. Y también lo estoy por mí misma.

Más tarde fuimos a ver al doctor ———, que también se ocupa seriamente de la nueva generación. Habló mucho de los jóvenes y de adónde van, luego sacó a relucir algunas estadísticas que me asombraron de verdad.

Como hablaba muy de prisa, la mitad de las cosas que dijo no las recuerdo, pero hubo detalles como éstos: 1.000 estudiantes universitarios se suicidan anualmente y 9.000 lo intentan. Las enfermedades venéreas han aumentado en un 24 por ciento entre chicos y chicas de mi edad, y cada vez son más numerosos los casos de chicas preñadas, incluso con la píldora. Dijo, además, que el crimen y las enfermedades mentales han aumentado vertiginosamente entre los chicos. Eso que estaba contando era más grave que lo anterior.

Al salir no supe si sentirme mejor por lo que yo había hecho, pues si son tantos los que cayeron en lo mismo, o en algo peor, entonces es que todos nos estamos volviendo locos. Pero, hablándote sinceramente, te diré que no creo que la culpa sea de los chicos que hacen estas porquerías, al menos no totalmente. Los adultos no parecen comportarse mejor. Es más: no conozco ninguna persona digna de ser presidente, a excepción de papá, quien nunca saldría elegido teniendo una hija como yo.


*Mayo 19*

Hoy me han hecho otra faena. Alguien metió una colilla de «hierba» en mi bolso y me pegué el gran susto. Dejé la clase siguiente, tomé un taxi y corrí al despacho de papá. No comprendo por qué no pueden dejarme en paz. ¿Por qué me importunan así? ¿Les pone nerviosos mi existencia? Creo que sí. Verdaderamente creo que tratan de borrarme de la faz de la tierra o mandarme al manicomio. Es como si hubiese delatado una red de espionaje gigantesca y no se me permitiera vivir más. Papá dijo que debo ser fuerte y comportarme como un adulto. Me habló durante un buen rato y le agradezco todo su interés, pero sé que no comprende mejor que yo los motivos que tienen ellos para atosigarme. Además, ignora lo de Richie, lo de Lane y el resto. Dijo que toda la familia me respalda, pero, ¿para qué me sirve si tengo en contra el resto del mundo? Es como la muerte del abuelito; todos lo han sentido terriblemente, pero nadie pudo remediarlo, ni siquiera yo.

*Mayo 20*

He logrado meterme de nuevo en el engranaje del estudio, y esto ayuda. Por lo menos distrae mi mente de lo que tú sabes.

*Mayo 21*

La abuelita está enferma, pero mamá cree que es agotamiento. Ojalá, pues tiene mal aspecto. Ah, olvidaba decirte que papá me ha conseguido una autorización para servirme de la biblioteca de la universidad y hoy he ido por primera vez. Es muy divertido. Me sentí sofisticada y muchos chicos creen que soy universitaria. ¿No tiene gracia?

*Mayo 22*

Hoy he conocido un chico en la biblioteca. Se llama Joel Reems y es novato. Estudiamos juntos y luego me acompañó al despacho de papá. Papá estaba ocupado y nos sentamos en las escaleras de la entrada principal del edificio para esperarlo. Decidí no fingir con Joel, decirle la verdad sobre mí y dejar que me tomara o me dejara como soy (bueno, casi la verdad). Le informé que tenía dieciséis años y privilegios de biblioteca gracias a papá.

Es un chico realmente agradable, se limitó a reír y dijo que ya estaba bien, puesto que tampoco era su intención pedirme que me case con él este semestre. Cuando salió papá, se sentó un rato con nosotros y los tres hablamos como si nos hubiésemos conocido siempre. ¡Algo formidable! Antes de irse, Joel me preguntó cuando volvería a estudiar y le contesté que paso mis horas de asueto estudiando, cosa que le agradó.


*Mayo 23*

Ah, papá querido, supongo que debería estar rabiosa contra él, pero no lo estoy. Fue a indagar en la ficha escolar de Joel y me contó lo que contiene. Realmente, me cayó como una coz que papá ande fisgoneando en los archivos para conseguir información que me concierne. De todos modos, Joel es estudiante adelantado, pues, con dieciocho años escasos, ya está en la universidad. Su padre murió y su madre trabaja en una fábrica, Joel trabaja siete horas diarias como portero en la escuela, de medianoche a las siete de la mañana. Su primera clase comienza a las 9, los lunes, miércoles y viernes. ¡Qué horario!

Papá me advirtió que no debo interferir en sus estudios y le dije que no lo haría. Sin embargo, si quiere acompañarme cada tarde —sábado incluido— de la biblioteca al despacho de papá no veo en qué puede perjudicarle, ¿no?

*Tarde*

Joel me acompañó al despacho de papá, y fue casi como una salida juntos. Nuestras palabras se entremezclaban y reímos y charlamos al unísono, fue algo caótico y encantador. Joel dijo que no le queda mucho tiempo para las chicas y que no comprende cómo puedo saber yo tantas cosas de él. Le contesté que las mujeres somos más perspicaces, eso es todo. Y mañosas.

*Mayo 25*

Esta tarde Joel me acompañó al despacho de papá otra vez y a papá se le ocurrió invitarlo mañana a cenar. Mamá no tiene inconveniente y sé que está impaciente por conocerlo, pues papá me hace muchas bromas sobre él.

*Mayo 26*

Al salir de la escuela corrí a casa y ayudé a mamá a hacer una limpieza como si tuviéramos que recibir al Rey de Reyes. Me aseguré de que teníamos todos los ingredientes necesarios para preparar los pastelillos de mi especialidad: rollos de naranja. Estoy impaciente, impaciente, ¡impaciente!

*Más tarde*

Acaba de irse Joel y la velada ha sido fantástica. No sé por qué lo digo, pues pasó la mayor parte del tiempo hablando con papá. Supongo que se debe al hecho de haber perdido el suyo a la edad de siete años pero, verdaderamente, se entienden de maravilla. Incluso Tim parecía fascinado viéndoles conversar, particularmente cuando se referían a las posibilidades de estudio para Joel. Creo que Tim empieza a pensar ya en la universidad. ¡Tan pronto!

Mis pastelillos me salieron perfectos, incluso la abuelita admitió que no podría hacerlos mejor, y Joel se comió siete. ¡Siete! Y dijo que si hubieran sobrado se los habría llevado a casa para el desayuno. Por supuesto, de haber sobrado ni lo habría mencionado. Es muy reservado. Pienso pedirle a mamá que me deje preparar una hornada y que Joel los recoja en el despacho de papá.

*Mayo 29*

Oh, Diario, ¿sabes qué?, papá nos ha dado la noticia más maravillosa a la hora de cenar, y lo dijo como si tal cosa. Se propone conseguir una beca para Joel. Está casi seguro de lograrlo, pero habrá que esperar un tiempo y no quiere que yo se lo diga mientras no esté todo resuelto. Espero poder callarme mientras tanto. No soy muy discreta.

*P. S.* En la escuela las cosas tienen buen aspecto. Nadie me habla, pero tampoco nadie me molesta. No se puede tener todo.

*Junio 1*

La casa de abuelita ha sido vendida y han decidido que los nuevos moradores embalen las cosas para almacenarlas en algún depósito. Cuando la abuela se enteró lloró amargamente, estaba sumamente afectada. Es la primera vez que la he visto llorar de verdad. Muerto el abuelo, la casa que habitaron constituía toda su vida, y por esto debe parecerle ahora tan definitivo el perderla.

*Más tarde*

¿Le gusto realmente a Joel? ¿Me considera bonita, simpática o atractiva? ¿Significo algo serio para él? Espero gustarle, pues él me gusta mucho. Es más: creo que le amo de verdad...

Señora de Joel Reems
Sra. de Joel Reems
Sr. y Sra. Joel Reems
Dr. y Sra. Joel Reems

¡Qué bien suena!


*Junio 2*

Acaba de llamar la señora Larsen para decir que Jan le había prometido hacer de niñera, pero que, a última hora, lo canceló, cosa muy propia de Jan. Oh, bueno, supongo que allí podré estudiar como lo hago aquí. Voy a recoger mis cosas. Hasta luego.


*Por la tarde*

Querido Diario:
Voy a rastras, estoy cansada, triste, agotada, asqueada.
Jan se presentó a la media hora de haberse ido la señora Larsen y dijo que haría de niñera porque necesitaba la «pasta». Pero no pude dejarla porque estaba drogada y el bebé de la señora Larsen sólo tiene cuatro meses. No se iba, y finalmente tuve que llamar a sus padres para que vinieran a buscarla. Les dije que su hija estaba indispuesta, pero cuando llegaron se hallaba en plena euforia. Había puesto el tocadiscos a todo volumen y despertó al bebé, aunque éste ya estaba mojado y llorando. Ni siquiera me atreví a cambiarlo por ignorar cómo

reaccionaría Jan. Estaba tan excitada que sus padres tuvieron que embutirla en el coche, llorando los dos y pidiéndome que no la denunciara al inspector de la escuela.

Espero haber obrado bien. Probablemente no debí llamar a sus padres, pero tampoco podía dejarla salir y mucho menos confiarle el bebé. No tengo la menor idea de lo que pasará mañana en la escuela cuando Jan se me presente. ¡Bam! Nadie se pondrá de mi parte. Además, los drogados no comprenden que pueda lastimarse un bebé. No comprenden nada.

*Junio 3*

Mamá y papá dicen que anoche hice exactamente lo que tenía que hacer y sólo lamentaron no haber estado a mano para ayudarme. ¿Qué podían hacer ellos, aparte de llamar a los padres de Jan? Con ellos allí habría sido peor. ¡Quién sabe! Ahora debo irme.

*P. M.:* Jan se cruzó conmigo en el vestíbulo y vi en su rostro una expresión de hostilidad y acritud que nunca había notado antes. «Ya me las pagarás, señorita Purificación», dijo casi a gritos y delante de todos. Traté de explicarme, pero se alejó, dándome la espalda como si no existiera.

Más tarde me fui a la biblioteca. Joel notó que algo iba mal y tuve que decirle que tenía un resfriado y me sentía miserablemente (lo de miserable era parcialmente cierto). Dijo que debería tomarme una aspirina y descansar. La vida, para la gente recta, es bien simple.

( ¿ )

No sé qué les habrá contado Jan a los chicos, pero debe haber difundido unos rumores muy feos para que todos se mofen de mí, lo cual es peor que estar sola o verse ignorada. Ojalá pudiera hablar de esto con Joel, pero estoy tan acobardada que ni siquiera voy a ir a la biblioteca. Me llevaré unos libros a casa y estudiaré en mi habitación. Mi cuarto será todo mi universo.

Acaba de llamarme Joel desde la biblioteca porque está preocupado por mí. Habló con la secretaria de papá, quien no sabía nada. Me alegra que haya llamado, pero le dije que estaba enferma y que no iría a la biblioteca durante la semana. Oh, estoy enferma, enferma de todas esas cabezas repletas de marihuana y de ácido, de todos esos drogados que me acosan. Joel me preguntó, no obstante, si no tenía inconveniente en que llamara todas las noches, yo no le respondí que me quedaría junto al teléfono esperándolo. Pero tú sí lo sabes, ¿verdad?

*Junio* 7

La abuelita se puso muy mala en el curso de la noche. Creo que ya no le importa vivir si no está el abuelito. No salió de su cuarto para tomar el desayuno. Se lo llevé a la cama en una bandeja, pero se limitó a pellizcar la comida. Esta noche debo quedarme con ella en vez de ir a la biblioteca, como había decidido finalmente. Joel comprenderá. Hasta luego.

*Junio 8*

Estoy tan acorralada que no sé qué hacer. Jan me abordó al salir y murmuró: «Deberías decirle a tu hermanita que no acepte caramelos de forasteros, ni siquiera de amigos, especialmente de tus amigos». Pero Jan no haría esto. No podría hacer esto. Piense lo que piense de mí, no se vengaría en Alexandria, ¿verdad? ¿Sería capaz? Ah, si pudiera hacerla entrar en razón, pero no sé cómo.

¡Cómo desearía hablar de esto con mamá, papá, Joel o Tim!, pero cada vez que hago algo sólo sirve para empeorarlo. Tendré que introducir el tema en alguna conversación de sobremesa, decir algo sobre los chicos vengativos que ponen ácido en los caramelos, en el chicle, etcétera, para hacer proselitismo. Tal vez si les digo que el maestro nos habló de un chico que murió en Detroit, así tengan cuidado. Deben tener cuidado.


*Junio 9*

Salía de la tienda camino de casa cuando una furgoneta llena de chicos me empujó mientras ellos gritaban cosas así: «Anda, ¿no es la facilona María la Pura?»; «No, es la señorita Chivata». «¿Señorita Chivata dices?, señorita súper-Chivata; señorita doble, triple Chivata... ¿qué pasaría si metiéramos un montón de droga en el coche de su viejo? ¿No sería fantástico que pescaran a su papá, el profesor?»

Luego me insultaron con los peores epítetos, gritaron y se rieron histéricamente de mí, dejándome emocionalmente aplastada, golpeada, achicharrada. A lo mejor sólo me amenazaron, tratan de volverme loca, pero, ¡quién sabe! El verano pasado leí que unos chicos drogados metieron un gato en una lavadora y la pusieron en marcha por ver qué pasaba. Tal vez les gustaría saber exactamente cómo reaccionaría papá. Son una pandilla de asquerosos bastardos y no me fío nada de ellos. Pero no creo que vayan tan lejos. Quizá fingiendo que no les hago caso desistan de sus propósitos, en caso de tenerlos.

*Junio 10*

Por primera vez tengo la absoluta certidumbre de que, incluso encerrada en una habitación llena de ácido, «rápido» y todos los estupefacientes del mundo, los repudiaría asqueada, porque ahora veo lo que ha hecho la droga con chicos que fueron mis amigos. Seguro que si no fuera por la droga no se ensañarían conmigo tan despiadadamente como lo hacen, ¿verdad?

Hoy, alguien puso una ascua ardiendo en mi armario de la clase, y cuando el director me llamó, incluso él sabía que yo no había cometido aquella estupidez. Mi nueva chaqueta tiene un gran agujero y algunos papeles sueltos se han quemado, llenándolo todo de humo. Me pidió que nombrara al posible autor, y aunque yo sospecho que ha sido Jan no me atrevería a denunciarla, y tampoco quiero señalar a todos los que se drogan en la escuela. Sería delación, además, probablemente me matarían. Estoy verdaderamente asustada.

*Junio 11*

Me alegro de que pronto acabe la escuela. El año que viene acaso pueda ir a una de Seattle y vivir con tía Jeannie y tío Arthur. ¡Cómo me habría gustado que la abuelita no vendiera la casa!, pero, con lo enferma que está tampoco habría podido vivir con ella.

*P. S.:* Fui a la biblioteca de la universidad y Joel y yo nos sentamos un rato sobre el césped, pero las cosas ya no son igual que antes. Cada día todo se deteriora un poco. Ojalá Joel fuese el hijo de mi papá y yo no hubiese nacido.

*Junio 12*

Esta noche se celebra el baile de la escuela, pero, naturalmente, yo no iré. Incluso George, que antes me invitaba a salir, me trata ahora con desdén y pasa junto a mí sin mirarme siquiera. Aparentemente, los rumores van en aumento. No puedo combatirlos ya que no sé lo que me atribuyen.

*( ¿ )*

Creo que la vieja pandilla de la marihuana trata de volverme completamente loca, y casi lo consigue. Hoy, mamá y yo estábamos en el mercado y nos encontramos con Marcie y su madre. Se detuvieron para hablar y, mientras tanto, Marcie se dirigió a mí diciéndome, con una hermosa sonrisa en su semblante: «Esta noche tenemos una fiesta y es tu última oportunidad».

Contesté «no, gracias» con toda la serenidad de que fui capaz, pero creí ahogarme. Su madre estaba a dos dedos de distancia. Luego, sonriendo dulcemente, añadió: «Será mejor que vengas porque, de todos modos, te pescaremos». ¿Puedes creerlo, Diario mío? Una chica de quince años, de familia bien educada y respetable, amenazando a otra chica públicamente, en pleno mercado, concretamente en los puestos de legumbres. Creí perder el juicio; pensé que allí mismo saltaría mi cerebro y se desparramaría por el suelo.

Camino de casa, mamá comentó lo callada que yo había estado. Luego me preguntó por qué no frecuentaba, de vez en cuando, a la simpática Marcie Green. ¡Sí, sí! Quizá me esté volviendo loca. Tal vez no esté ocurriendo ninguna de las cosas que cuento.

*Junio 16*

Anoche, mientras dormía, murió la abuelita. Traté de persuadirme de que había ido a reunirse con el abuelo, pero estoy tan deprimida que en lo único que puedo pensar es en la gusanera devorando su cuerpo. Las órbitas sin ojos, infestadas de alimañas retorciéndose. Ya ni siquiera puedo comer. En casa, ocupados en el funeral, andan como locos. ¡Pobre mamá!, ha perdido los padres en dos meses. ¿Cómo puede soportarlo? Yo creo que si ahora perdiera a mis padres me moriría. He tratado de ayudarla y de facilitarle las cosas, pero estoy tan extenuada que dar un paso me exige un gran esfuerzo.

## Junio 17

Joel supo que murió la abuelita y me llamó para darme el pésame. Realmente me levantó el ánimo, y se ofreció a venir después del funeral. ¡Me alegra tanto que venga! Voy a necesitarlo.

## Junio 19

Creo que lo que me ha sostenido hoy fue saber que, tras el funeral, Joel estaría aquí. Cada vez que sentía ganas de llorar lo imaginaba sentado en nuestra salita, esperándome, y esto me hacía un gran bien. Ojalá mamá tuviera algo en que pensar, pues estaba muy afectada. Nunca la he visto tan abatida. Papá hizo lo que pudo, pero no creo que consiguiera ayudarla.

Al llegar a casa, Joel y yo nos sentamos en el patio de atrás y conversamos un buen rato. Su padre murió cuando él tenía siete años, y desde entonces ha reflexionado mucho sobre la vida y sobre la muerte. Sus sentimientos e ideas son tan maduros que me cuesta trabajo no creer que tiene cien años. Además, es una persona muy espiritual, no religiosa, sino espiritual, y siente profundamente las cosas. Creo que la mayoría de los chicos de nuestra generación tienen esta característica. Incluso bajo los efectos de la droga, muchos jóvenes creen ver a Dios o comulgar con algo celestial. De todos modos, al marcharse Joel me besó tiernamente en los labios por primera vez. Es tan bueno y tan agradable que espero de verdad que un día seamos el uno para el otro.

Hoy, lo peor ha sido ver como bajaban el blando y frágil cuerpo de la abuelita a la sombría e interminable fosa. Parecía como si el hoyo se la tragara, y cuando empezaron a arrojar tierra sobre el féretro creí que iba a ponerme a chillar. Pero Joel dijo que no había que pensar en ello, porque la muerte no significa esto exactamente. Acaso tenga razón. No debo pensar en ello, sencillamente.


*Junio 20*

Puesto que el año escolar ha terminado, hay muchas actividades sociales y trato de no sufrir por el hecho de que se me excluya. Supongo que ha de ser indecente querer salir ahora, cuando acaba de morir la abuelita. Pero debo ser sincera contigo, Diario mío, y estoy cansada de verme excluida y de fingir que no me afecta. Estoy tan cansada que, alguna vez, tengo ganas de fugarme de nuevo y no volver nunca más.

*Junio 22*

Anoche, la policía pescó un grupo de chicos y chicas en una fiesta y hoy me echan la culpa a mí. Jan se me acercó en el *drugstore* para decirme que esta vez voy a pagar caro el chivatazo. Traté de decirle que no sabía nada pero, como de costumbre, no quiso escucharme.

No sé lo que voy a hacer si comienzan de nuevo a importunarme. No creo que pudiera soportarlo, aunque Joel y mi familia me respalden. Es demasiado.


*Junio 23*

Todo va mal y yo no puedo con mi alma. Realmente, no puedo. Hoy iba por la calle, junto al parque, cuando un muchacho que ni siquiera conozco me agarró del brazo y me amenazó, retorciéndomelo e insultándome con las cosas más viles. Pasaban muchos chicos por allí y quise gritar, pero no pude. ¿Quién me habría ayudado? Los chicos decentes ni siquiera saben que existo. Luego me empujó detrás de unos matorrales y me besó. Fue algo humillante y repugnante. Introdujo su lengua en mi boca, retorciéndola hasta producirme náuseas y hacerme llorar. Dijo que lo que yo necesitaba era un buen revolcón y que si hablaba de aquello con alguien vendría a mi encuentro para arreglar cuentas.

Estaba tan aterrada que me fui corriendo al despacho del abogado ———— y le pedí que me llevara a casa. Mamá creyó que estaba enferma y me acostaron en la cama. Enferma estoy. No dejo de vomitar y no puedo concentrarme. ¿Qué voy a hacer? ¿Qué voy a hacer? No debo decírselo a mamá pues, tras la muerte de los abuelitos ya sólo faltaría esto. Oh, ¿qué voy a hacer?

*Junio 24*

Esta mañana, durante el desayuno, le dije a mi familia que los chicos de la droga me acosaban de nuevo. Papá se ofreció para ir a hablar con algunos de los padres de esos chicos, pero le supliqué que no lo hiciera para no agravar las cosas. Le dije, incluso, que cerrara bien su coche, porque alguien me había amenazado con meterle marihuana. Por supuesto, tuve que advertir a Tim y a Alex otra vez, pero esto no resuelve nada. Me siento como en estado de sitio y los demás no parecen tomarlo en serio. Papá opina que los chicos se limitan a molestarme, pero que no me harán daño. No pude contarle lo que pasó ayer y tendré que dejarlo con la idea de que todo va sobre ruedas.

*Más tarde*

Mi dulce mamá me llevó esta tarde a la universidad para que yo viese a Joel. Dijo que tenía que recoger algo en el despacho de papá, pero yo sé que en realidad pensó en mí. Es verdaderamente buena mi mamá.

Tras una breve conversación con Joel, sin saber por qué, le pedí que me acompañara, y con el corazón en un puño le conté parte de la verdad. No tenía la intención de decírselo, pero ahora me alegro de haberlo hecho. Su reacción fue la que siempre supuse que tendría. Dijo que yo significaba mucho para él y que confiaba en que sabría comportarme porque soy una persona básicamente buena y sólida. Tal vez lo dijera porque ahora se va de vacaciones a su casa tras el cierre de la universidad, pero me dio como recuerdo el reloj de oro que le confiara su padre, y yo le entregué a cambio el anillo de la abuelita. Fue algo tremendo. Y ahora me siento la cosa más gris de todo lo gris que existe en el mundo.

*Junio 25*

Hoy, nuestro sector parecía un manicomio con tanta gente preparando la fiesta anual de final de curso. Ninguno de los elementos de la pandilla de la marihuana me prestó la menor atención, y esto me alegra. Acaso tengan otro proyecto. Es raro que una gran escuela secundaria como la nuestra pueda estar dividida en dos mundos completamente diferentes, que parecen ignorarse mutuamente. ¿No habrá muchos otros mundos? ¿Será la escuela como una galaxia menor, con un pequeño planeta para cada grupo minoritario, otro para los chicos pobres, una para los ricos, otro para los drogados, o tal vez para los drogados privilegiados, y otro para los de origen modesto? ¿No será que ninguno de nosotros somos totalmente conscientes de los demás planetas hasta intentar pasar de uno al otro? ¿Será éste el pecado? O, quizá el problema real sea tratar de regresar al globo de origen. Todos los chicos que han hecho experiencias con drogas no tienen este problema, ¿o lo tendrán todos? Deberé averiguarlo en el futuro, por lo menos, habrá que proponérselo. Chris tuvo más suerte; su familia se trasladó a una ciudad donde nadie la conoce.

*P. S.* He visto a tres de los chicos más decentes y me han preguntado si voy a la fiesta de la escuela. ¿No habrá empezado el deshielo? ¡Ojalá, ojalá!


*Junio 27*

No me he despertado hasta las once y media y me siento tan maravillosamente bien que podría estallar. Los pájaros pían tras mi ventana. Es verano, querido amigo estoy viva. Estoy bien, y feliz, y en mi cama. ¡Hurra! Creo que voy a tomar cursos en la escuela de verano de la universidad. Será divertido, ¿no?


*Julio 1*

Primer día del mes de julio. Desearía que Joel estuviera aquí para ver juntos el encanto que tienen todas las cosas. Ya me escribe cartas llenas de añoranza. Su madre parece buena y dulce, pero no debe ser precisamente una intelectual, y él quisiera poder hablar con gente como mi madre y mi padre, cuya conversación resulta más animada. He tenido que prometerle que me voy a divertir y a disfrutar por los dos. Mi maestro ha interpretado para mí un concierto increíblemente difícil, pero lo aprenderé.

Quiero que Joel esté orgulloso de mis aptitudes musicales, y también de todas las demás.

P. S.: Tim y yo dimos ayer un largo paseo por el parque, donde encontramos a Marcie. Ni ella ni Jan, a quien vimos en el *drugstore*, nos prestaron la menor atención ¡Magnífico! Como acabó la escuela, supongo que me dejan en paz. Por fin seré libre. ¿No es maravilloso y glorioso? Me siento tan feliz que podría morirme.


*Julio 3*

Hoy ha sido otro día hermoso, aunque papá recibió las fotos de la tumba de la abuelita con la lápida que finalmente fue colocada sobre la misma. Una hermosa lápida, pero no dejo de pensar en lo corrompido que estará su cuerpo a estas horas y el estado de descomposición en que se hallará el del abuelito. Voy a ver si un día consulto en la biblioteca algún libro sobre embalsamiento, para saber exactamente cómo ocurren estas cosas. ¿Pensarán en esas cosas papá, mamá y Tim, o sólo se me ocurren a mí? ¿Tendré una mente morbosa a causa de mis pasadas experiencias? No debe ser así, pues Joel dice haberse preguntado lo mismo cuando murió su padre, y sólo tenía siete años.


*Julio 7*

La señora Larsen se fracturó una pierna en un accidente de automóvil, y todos los días voy a limpiarle la casa, a preparar la comida para el señor Larsen y a cuidar al bebé hasta que llega su abuelita, —buena práctica para el futuro—. La pequeña Lu Ann es preciosa y voy a quererla mucho. Ahora debo irme para mi nuevo empleo. Espero que el señor Larsen no coma siempre en el hospital, pues quiero practicar como cocinera.

Hasta pronto.

*( ¿ )*

Mi querido Diario:

Cuánto agradezco que mamá haya podido traerte encerrado en tu caja. Me turbé tremendamente cuando la enfermera me hizo abrir el cofre donde yo te guardaba con lápices y plumas de repuesto. Supongo que lo hicieron, sencillamente, para cerciorarse de que no contenía drogas. Ni siquiera me noto a mí misma. Debo ser otra persona. Todavía no puedo creer que me haya ocurrido todo esto. La ventana tiene enrejado de alambre duro y supongo que es preferible a la reja de hierro, pero esto no impide que yo me sienta en una especie de cárcel-hospital.

He intentado atar cabos pero no lo consigo. Las enfermeras y los doctores aseguran una y otra vez que me pondré mejor, pero aún estoy desquiciada. No puedo cerrar los ojos porque los gusanos siguen arrastrándose por mi cuerpo. Me devoran. Penetran en mi nariz y roen mi boca... ¡oh, Dios mío!, debo meterte otra vez en el cofre porque las alimañas salen de mis ensangrentadas manos y saltan sobre tus páginas. Te encerraré con llave. Estarás más seguro.

*( ¿ )*

Hoy me encuentro mejor. Me cambiaron los vendajes de las manos y no es extraño que me duelan tanto. Las yemas de los dedos han sido desgarradas; dos uñas fueron arrancadas de raíz y las restantes hasta la mitad. Escribir es doloroso, pero si no escribo perderé la razón. Quisiera escribir a Joel, pero, ¿qué decirle? Además, nadie podría leer estos garabatos, pues tengo ambas manos vendadas y abultan como si llevara guantes de boxeo. Sigo asediada por los gusanos, pero empiezo a poder convivir con ellos, o a lo mejor estoy muerta de verdad y realizan experimentos con mi alma.

*( ¿ )*

La gusanera ha empezado por devorar mis órganos genitales. Casi se ha comido toda mi vagina y mis pechos y ahora está afanada con mi boca y garganta. Quisiera que doctores y enfermeras dejaran morir mi alma, pero siguen haciendo experimentos con ella, tratan de unir cuerpo y espíritu.

*( ¿ )*

Hoy me desperté sintiéndome racional y sólida. La conmoción cerebral debe haber pasado ya. La enfermera dice que llevo diez días aquí y al releer lo que he escrito creo haber estado muerta.

( ¿ )

Hoy me han aplicado sol artificial en las manos para estimular la cicatrización. Todavía no me han dado un espejo, pero noto que mi rostro debe estar igualmente desgarrado, como mis rodillas, pies y codos. Casi todo mi cuerpo está magullado, tumefacto y encogido. No sé si mis manos volverán a tener aspecto de manos alguna vez. Las yemas de los dedos parecen salchichas hervidas viéndolas bajo la lámpara de sol artificial. Para aliviar el dolor, me han dado un vaporizador que contiene calmante. Ya no las tengo vendadas, pero casi preferiría que lo estuvieran, pues debo vigilar que no se llenen de gusanos.

( ¿ )

Hoy entró una mosca en mi cuarto y no pude reprimir los chillidos. Tuve un miedo feroz que depositara más larva en mi rostro, manos y cuerpo. Se necesitaron dos enfermeras para matarla. No debo dejar que las moscas lleguen a mí. Quizá será mejor que no me duerma.

( ¿ )

Acabo de levantarme de la cama para acercarme a un espejo. Tengo varillas en cuatro dedos de los pies porque deben estar fracturados. Apenas me reconozco ante el espejo. Tengo la cara hinchada y tumefacta, negra y morada, llena de rasguños. Mi pelo ha sido arrancado a puñados y veo zonas del cráneo totalmente calvas. Acaso no sea yo la que he visto ante el espejo.

( ¿ )

Al levantarme me fracturé de nuevo dos de los cuatro dedos y ahora tengo los pies escayolados. Mis padres vienen a verme todos los días, pero la visita es breve. No hay mucho de qué hablar mientras mi cerebro no funcione de nuevo.

( ¿ )

Me encuentro mareada, pero la enfermera dice que es el resultado de la contusión cerebral que he sufrido. Los gusanos se han ido casi todos. Supongo que los mata el líquido del vaporizador.

( ¿ )

Averigüé cómo me dieron el ácido. Dice papá que alguien lo puso en el chocolate recubierto de cacahuete, y debe ser verdad, porque recuerdo haberlo comido después de lavar al bebé. En ese momento pensé que el señor Larsen me lo había dejado allí para darme una sorpresa, pero ahora que reflexiono me llamó la atención que el señor Larsen hubiese estado en casa y se hubiese marchado sin decir nada. Esta parte queda en tinieblas. Hasta me parece extraño que pueda recordar algo, pero supongo que pese a todo el daño que ha sufrido mi cuerpo, el cerebro sigue funcionando. Dice el doctor que esto es normal, pues se necesitan muchos golpes para destruir totalmente un cerebro. Debe ser verdad, porque, aun pensando, me siento como si hubiese recibido muchos.

De todos modos, recuerdo que el chocolate con cacahuete me trajo a la memoria el abuelo, pues siempre comía esa golosina. Y recuerdo, además, que empecé a sentirme mareada y enferma. Al darme cuenta de que alguien me había drogado traté de llamar a mamá para pedirle que viniera a buscarme a mí y al bebé. Es todo muy confuso, pues al tratar de evocar lo pasado tropiezo con luces multicolores y movedizas. Sin embargo, recuerdo haber empezado a marcar el número de teléfono de mi casa y que del uno al otro tardaba una eternidad. Creo que la línea debía estar ocupada, y no recuerdo exactamente lo que pasó, excepto que yo gritaba y el abuelo estaba allí para ayudarme, pero su cuerpo chorreaba gusanos multicolores y brillantes que caían al suelo, a su espalda. Trató de recogerme, pero sólo le quedaba esqueleto de manos y brazos. El resto de su cuerpo había sido arrasado por la gusanera voraz, movediza y afanosa, que pululaba por doquier, devorándole sin tregua. En las órbitas vacías de sus ojos se movían legiones de alimañas blancas y fofas, animales trepadores fosforescentes y entremezclados, arrancaban tiras de su carne. Gusanos y parásitos comenzaron a rastrear y a trepar hacia el cuarto del bebé, y yo traté de matarlos a golpes con mis

*( ¿ )*

Dentro de unos días me trasladan a otro hospital. Tenía la esperanza de poder irme a casa, pues mis manos están curándose y la mayor parte de las magulladuras empiezan a desaparecer. Ha dicho el doctor que habrá que esperar un año a que mis manos estén bien del todo, con las dos uñas crecidas, pero que dentro de unas semanas ya podrán mirarse.

Mi rostro está casi normal y en las zonas de calvicie comienza a crecer el pelo como borra. Mamá trajo unas tijeras y con ayuda de la enfermera me ha dejado la cabellera verdaderamente corta. No es un corte de pelo como lo haría un profesional, pero mamá dice que dentro de una semana o dos, cuando me den de alta, podré ir a la peluquería para que me lo arreglen. De todas maneras, tampoco quiero que me vea nadie con la facha que tengo ahora.

Todavía tengo pesadillas infestadas de gusanos, pero trato de dominarme y ya no los menciono. ¿Para qué? Sé que no son verdaderos y todo el mundo lo sabe, pero alguna vez parecen tan reales que noto el calor y la viscosidad blandengue de sus cuerpos. Y cuando mi nariz o alguna de mis numerosas costras me pican, he de hacer grandes esfuerzos para no pedir auxilio.

*( ¿ )*

Mamá me ha traído un paquete de cartas de Joel. Ella le escribió diciéndole que yo estaba muy enferma en el hospital y desde entonces ha escrito todos los días. Una noche llamó incluso por teléfono y mamá para no entrar en los detalles, le dijo que había tenido una especie de depresión nerviosa. ¡Es una manera de explicarlo!

*Julio 22*

Cuando vino a verme mamá noté que había llorado y yo traté de ser fuerte y mostrar un semblante feliz. Hice bien, pues me trasladan a un manicomio, casa de locos, pabellón de chalados, donde podré distraerme con otros idiotas y lunáticos. Tengo tanto miedo que apenas puedo respirar. Papá trató de explicármelo en un tono muy profesional, mas era evidente que este asunto le ha desquiciado. Pero no tanto como a mí. A nadie podría afectarle tanto.

Dijo que cuando mi caso pasó ante un juez de menores, Jan y Marcie declararon que durante varias semanas yo había tratado de venderles LSD y marihuana, y que en la escuela era bien conocida como adicta y revendedora. Las circunstancias me fueron totalmente adversas. Tengo antecedentes de drogada. Papá me ha dicho que cuando la vecina de la señora Larsen me oyó gritar fue a buscar al jardinero y ambos subieron a ver lo que pasaba, y creyendo que me había vuelto loca me encerraron en un armario empotrado. Luego corrieron a ver cómo estaba el bebé, el cual se había despertado también con mis gritos, y llamaron a la policía. En el intervalo, mientras fueron y volvieron, yo me había lastimado seriamente, tratando de arrancar con las uñas la cal de las paredes para salir del encierro, golpeando mi cabeza contra la puerta hasta fracturarme el cráneo y producir la contusión cerebral.

Ahora me mandan al «cuarto de las ratas», que seguramente es lo que merezco. Papá dice que probablemente no esté mucho tiempo y que iniciará en seguida las gestiones para sacarme de allí y ponerme en manos de un buen psiquiatra.

Mis padres se empeñan en llamar «centro juvenil» al lugar donde me envían pero no engañan a nadie, ni siquiera a sí mismos. Me mandan a un asilo de dementes y no lo comprendo. ¿Cómo es posible? Otras personas han tenido un «mal viaje» con droga y no los envían al manicomio. Dicen que mis gusanos no existen y sin embargo me trasladan a un sitio peor que los féretros y los gusanos juntos. No comprendo lo que hacen conmigo. Creo que me he desgajado de la superficie terrestre y voy cayendo, cayendo para no detenerme nunca. Oh, por favor, por favor, que no me lleven a este sitio; que no me echen con los locos. Les tengo miedo. Dejadme volver a casa, por favor, a mi cuarto, a dormir en mi cama. Te lo suplico, Dios mío.


*Julio 23*


El alguacil responsable de mi custodia me condujo al Hospital Mental, donde fui inscrita, catalogada, interrogada y todo lo demás, excepto tomarme las huellas digitales. Luego me llevaron al despacho del psiquiatra, el cual me habló durante mucho tiempo, pero yo no tenía nada qué contarle. Ni siquiera me sentía capaz de pensar. Todo lo que rondaba por mi mente era la idea de que estaba asustada, aterrada.

Después me bajaron a una sala vieja, apestosa, fea y oscura, de paredes despostilladas, con una puerta cerrada que, una vez dentro, de nuevo se cerró tras de mí. Mi corazón daba tales brincos que por un instante creí que iba a estallar y salpicar todo el recinto. Oía sus latidos y apenas lograba dar un paso.

Seguimos por un sombrío e interminable pasillo y de paso eché un vistazo a algunas de las personas que hay aquí. Ahora sé que no es éste mi sitio. No puedo expresar lo que se siente en un mundo de locos, todo un universo repleto de dementes, por fuera y por dentro. Éste no es mi sitio, pero aquí estoy. ¡Qué locura! ¿verdad? Ya ves, querido amigo, mi único amigo, no hay dónde ir porque todo el mundo está loco.


*Julio 24*


La noche ha sido interminable. Aquí podría ocurrir cualquier cosa y nadie llegaría a saberlo.


*Julio 25*


Esta mañana me despertaron a las seis y media para el desayuno. No pude probar bocado, tiritaba aún y tenía los ojos legañosos. Me condujeron a una oscura sala de gran puerta metálica que tiene una ventana de barrotes de hierro. Metieron la llave en un candado enorme y cruzamos al otro lado. Se oyó de nuevo el chirriar de la llave para cerrar. Los enfermeros de turno hablaban mucho, pero no podía oírles. Tengo los oídos obstruidos, probablemente a causa del miedo. Después me llevaron al «centro juvenil», situado a dos edificios de distancia. Nos cruzamos con dos hombres babosos que recogían hojarasca acompañados de un enfermero.

En el «centro juvenil» había cincuenta, sesenta o tal vez setenta chicos y chicas, moviéndose por ahí, preparándose para ir a clase o a lo que fuera. Todos parecían normales menos una muchacha enorme que debe tener mi edad, aunque es varios centímetros más alta y, por lo menos, con veinte kilos más. Estaba sentada con las piernas abiertas, como una estúpida, bajo una máquina de juego en la «sala diurna», en la cual se encontraba además un adolescente que movía la cabeza incesantemente y farfullaba como un idiota.

Sonó un timbre y salieron todos menos los dos idiotas. A mí me dejaron con ellos en la sala. Por fin entró una dama muy gorda —la enfermera de la escuela— para decirme que si deseaba tener el privilegio de asistir a las clases debería ver al doctor Miller y comprometerme por escrito a vivir conforme al reglamento y disposiciones del «centro juvenil». Dije que estaba dispuesta a firmar el compromiso, pero no encontramos al doctor Miller y tuve que pasar el resto de la mañana en la «sala diurna», contemplando a los dos idiotas, el uno durmiendo y el otro brincando. Me pregunté qué impresión les causaría yo a ellos, con mi rostro no curado del todo y mi pelo como rastrojo.

En el curso de la interminable mañana sonaron timbres y entró y salió mucha gente. Sobre una mesita redonda había un montón de revistas, pero ni siquiera pude leerlas. Mi cerebro corría veloz y sin tino.

A las once y media, Marj, la enfermera, me mostró el comedor. Por doquier se movían chicos y chicas, y ninguno parecía lo suficientemente loco para ser internado aquí, pero debían estarlo todos. La comida consistió en macarrones y queso con un poco de embutido y judías verdes en conserva. Como postre una especie de «pudding» tan inconsistente que parecía argamasa líquida. Intentar comerlo era perder el tiempo. No podía ni tragar mi saliva.

Muchos de los chicos y chicas se reían y bromeaban, y es evidente que confían tanto en sus maestros, practicantes y trabajadores sociales que los llaman por su nombre de pila; a todos menos a los doctores, supongo. Ninguno parece tan asustado como yo. ¿Lo estaban cuando llegaron? ¿Lo están todavía y fingen no estarlo? No concibo que puedan vivir en este lugar. La verdad es que el «centro juvenil» no es tan malo como el pabellón. Casi parece una pequeña escuela, pero el hospital es insoportable; las salas apestosas, la frialdad de la gente, las puertas cerradas con candado... Es una pesadilla aterradora, un mal «viaje», un cataclismo; es lo más terrible que pueda imaginarse.

Por fin llegó el doctor Miller y pude hablar con él. Me dijo que el hospital no podía hacer nada por mí, que los maestros no podían hacer nada por mí, que el programa con el cual habían conseguido muy buenos resultados tampoco podía hacer nada por mí, a menos que yo quisiera ayuda. Me explicó que antes de poder superar mi problema debía admitir que tenía un problema, pero ¿cómo admitirlo si no lo tengo? Ahora sé que podría resistir las drogas si yo las hubiese buscado, pero ¿cómo lograré convencer a nadie —excepto a mis padres, a Tim y, espero, a Joel— que la última vez no tomé nada a sabiendas? Parece increíble que tanto la primera vez como la última, que me ha llevado al manicomio, tomara la droga sin saberlo. Nadie creería que se pueda ser tan tonta. Apenas lo creo yo, incluso sabiendo que es verdad. De todas maneras, ¿cómo puedo admitir algo cuando estoy tan asustada que ni siquiera soy capaz de hablar? Me limité a sentarme frente al doctor Miller, a mover la cabeza para no tener que abrir la boca siquiera. De todos modos, aunque la hubiera abierto no habría salido nada.

A las dos y media salieron los chicos de la escuela y algunos se fueron a jugar a la pelota mientras otros se quedaron aquí para el tratamiento. Los chicos están divididos en dos grupos. Los del grupo número uno tratan de obedecer, observar todas las reglas y poder salir. Se acogen a todos los privilegios que se les ofrecen. El grupo número dos está más atascado. No respetan las reglas y pierden los estribos, blasfeman, roban, o tienen relaciones sexuales o cosas por el estilo, por lo cual se les ha de prohibir todo. Ojalá no haya marihuana en el recinto. Sé que lograría resistir la tentación, pero no creo que pudiera soportar más problemas sin volverme loca de verdad. Los médicos sabrán lo que hacen, pero me siento tan sola, tan perdida y tan asustada que temo estar perdiendo la razón.

A las cuatro y media tuvimos que regresar al pabellón, donde fuimos de nuevo encerrados como animales en el zoológico. En mi sección hay seis muchachas más y cinco chicos, es una suerte, pues no habría podido volver sola. Sin embargo he notado que todos se encogieron un poco —como me pasa a mí— cuando cerraron las puertas a nuestra espalda.

Cuando nos dirigíamos hacia los pabellones, una mujer ya mayor dijo que hasta nuestra llegada todo estaba tranquilo y apacible, y la más joven de nosotras se volvió para gritarle: «¡Anda y muérete!». Me quedé tan asombrada que miré el techo creyendo que nos caería encima, pero nadie más prestó la menor atención a lo que dijo la chica.

*Julio 26*

La chiquilla de quien te hablé ayer está en un cuarto junto al mío. Tiene trece años y parece estar constantemente al borde de las lágrimas. Cuando le pregunté si hacía mucho tiempo que estaba aquí, me contestó: «Desde siempre, sencillamente, desde siempre».

A la hora de cenar fuimos juntas al refectorio y se sentó a mi lado, en una de las largas mesas, pero no comimos. El resto de la velada se nos dejó deambular en torno al pabellón, sin tener dónde ir y nada qué hacer. Necesito desesperadamente contarles a papá y mamá cómo es todo esto, pero no lo haré. Sólo conseguiría preocuparles más.

Una de las mujeres más viejas que tenemos en el pabellón es una alcohólica lasciva que me da mucho miedo, pero todavía me preocupa más Babbie. Esa asquerosa mujer nos hace proposiciones. Al pasar esta noche por su lado hizo ciertos gestos y le pregunté a Babbie si no podríamos hacer algo para que nos dejase tranquilas. Babbie se limitó a encogerse hombros y dijo que podíamos denunciarla al guardián, pero que era mejor ignorarla.

Después ocurrió algo realmente extraño y aterrador. Estábamos sentadas en una de las habitaciones de «asueto», mirándonos los unos a los otros. Parecíamos monos contemplando otros monos, y cuando le pregunté a Babbie si no podríamos hablar en mi cuarto ella contestó que en nuestras habitaciones teníamos prohibido practicar el amor, pero que mañana ya nos arreglaríamos para hacerlo en el almacén. No supe qué decir. Ella pensó que yo trataba de seducirla y me quedé tan atónita que no pude decir ni pío. Más tarde traté de explicárselo, pero ella se limitó a hablar de sus cosas como si yo no estuviera allí. Dijo que tenía trece años y se drogaba desde los once. Sus padres se habían divorciado cuando tenía diez y se la confiaron a su padre, un contratista que volvió a casarse. Todo debía ir bien al principio, pero después tuvo celos de los hijos de su madrastra y se sintió como una intrusa, como extranjera. Empezó a salir de casa cada vez más y como excusa le decía a su madrastra que tenía dificultades en la escuela y debía trabajar en la biblioteca, etcétera. Las excusas habituales, cuando en realidad hacía casi siempre novillos. No obstante, como seguía presentando buenas notas en casa, sus padres no se preocupaban demasiado. Finalmente llamaron de la escuela porque faltaba demasiado. Ella le dijo a su padre que la escuela era tan grande y estaba tan abarrotada de alumnos que ni siquiera sabían quién iba y quién no iba. No sé cómo pudo creerla su padre, pero lo hizo. Probablemente era lo más fácil para él.

En realidad lo que pasaba con Babbie es que había sido iniciada a la droga por un viejo de unos treinta y dos años al que conoció en una sesión matinal de cine. No me contó los detalles, pero supongo que la inició a la droga y a la vida en general. A los pocos meses el individuo se esfumó y ella descubrió lo fácil que era conocer a otros hombres. En realidad, la niña de doce años era ya una NP —niña prostituta—. Me contó todo esto con tanta calma que yo sentí como si me arrancaran el corazón a pedazos, pero aunque yo hubiese llorado —lo cual no hice— no creo que lo hubiera notado. Estaba en babia.

Llevaba un año drogándose cuando sus padres, ¡unos linces!, empezaron a sospechar, pero ni siquiera entonces tomaron las cosas en serio. Se limitaron a hacerle multitud de preguntas y a sermonearla, en vista de lo cual robó al primer hombre que encontró en el cine y tomó un autobús para ir a Los Angeles. Una amiga le había dicho que una NP no encuentra nunca obstáculos y, según Babbie, su amiga tenía razón. A los dos días de estar en L. A., errando por la calle, conoció una «amiga», una mujer magníficamente vestida que se la llevó a su piso del bulevar ———. Al llegar allí se encontró con otras chicas de su edad, sentadas en el salón y rodeadas de bandejas de dulces llenas de píldoras. A la media hora estaba totalmente drogada.

Más tarde, ya más sobria, le dijo la mujer que podía vivir allí e ir a la escuela. Lo único que debía hacer era trabajar dos horas diarias para ella, casi siempre por la tarde. A la mañana siguiente se inscribió en la escuela como sobrina de aquella señora y empezó a vivir como una NP de postín. Mientras Babbie estuvo allí, otras cuatro sobrinas vivían con la mujer. El chófer las llevaba a la escuela y las iba a buscar, y del dinero que ganaban no vieron nunca ni cinco. Según dijo Babbie, la mayor parte del tiempo se quedaban sentadas en el salón sin hablar y sin salir jamás.

Parecía tan inverosímil que traté de hacerle preguntas, pero ella siguió hablando tan distante y tan triste, que pienso que decía la verdad. Además, después de lo que yo he pasado me lo creería todo. ¿No es triste haber llegado a un punto en que todo es tan increíble que te lo creerías todo? Es triste querido amigo. Realmente, desesperadamente, creo que es triste.

Al cabo de unas semanas Babbie se escapó de allí y llegó a San Francisco haciendo autostop. Pero en San Francisco, cuatro individuos la golpearon y la violaron. Cuando intentó que le prestaran un poco de dinero para telefonear a su casa nadie le dio un céntimo. Afirmó que se habría ido a rastras hasta su hogar aunque allí la hubiesen encerrado en un armario atada de pies y manos, pero al preguntarle yo por qué no acudió a la policía o a un hospital se puso a gritar y a escupir por el suelo.

Posteriormente logró reunirse con sus padres, pero cuando éstos llegaron a San Francisco ya se había liado con un tipo que tenía instalado su propio laboratorio para elaborar LSD. Ambos se vieron complicados en un feo asunto de droga y ella aterrizó aquí, como yo.

Ah, Diario mío, qué contenta estoy de tenerte, pues en esta jaula de bestias no hay absolutamente nada que hacer y todos están locos. Sin ti no podría existir. Al fondo de la sala una mujer gime y lloriquea haciendo unos sonidos infernales. Ni siquiera tapándome los oídos con mis manos rotas y enfermas bajo la almohada consigo atenuar el *gorgoriteo*. ¿Será posible que pueda volver a dormir sin necesidad de retener la lengua entre mis dientes para no castañear y sin que el terror invada mi cerebro al pensar en este antro? ¡No debe ser real! Debo hallarme todavía bajo los efectos de un «mal viaje». Creo que mañana traen autocares llenos de escolares para arrojarnos cacahuetes a través de las rejas.

*Julio 27*

Querido Diario:

Debo haber perdido el juicio, o por lo menos escapa a mi control, pues he querido rezar. He querido suplicar a Dios que me ayude, pero sólo he podido articular unas palabras, oscuras e inútiles palabras que cayeron al suelo y se fueron rodando debajo de la cama. Intenté acordarme de una plegaria sin conseguirlo, sólo palabras sueltas, inservibles, artificiales, pesadas palabras sin sentido ni poder. Son como los arrebatos de la idiota plañidera que actualmente forma parte de mi familia de internamiento. Monsergas verbales, inoperantes, sin ton ni son; banales, carentes de poder y de gloria. A veces pienso que la única salida de este antro es la muerte.

## Julio 29

Hoy se me ha concedido el privilegio de ir a la escuela, y aquí la escuela es, verdaderamente, un privilegio. Nada podría ser más tenebroso y desolador que permanecer aquí sentada sin tener nada qué hacer durante millones de horas.

Mientras dormía debo haber llorado, porque esta mañana mi almohada estaba húmeda y pastosa. Desperté totalmente extenuada. Los chicos de secundaria tienen dos maestros, y nosotras también. Parecen amables y la mayoría de los chicos dan la impresión de controlarse bastante bien. Será por miedo a que les envíen de nuevo al Limbo, un universo de soledad y de hastío.

Imagino que la gente se adapta a todo, incluso al confinamiento en una institución como ésta. Cuando esta noche cerraron con llave la pesada puerta, ya no me sentí tan horriblemente deprimida, o acaso esté agotada de tanto llorar.

Babbie y yo nos sentamos a charlar un rato y la peiné, pero ya no hay alegría ni espontaneidad en nuestra vida. Voy a rastras y sólo vegeto, como ella.

Los otros chicos de nuestro pabellón hablan, bromean, miran la televisión o se encierran en los baños para fumar, pero Babbie y yo apenas procuramos sobrevivir.

Aquí todos fuman. Las salas están ahumadas y por doquier se forman círculos grises de humo; el cual no tiene dónde meterse. Parece tan acorralado y tan a la deriva como los pacientes.

Todos los enfermeros llevan racimos de pesadas llaves colgando de sus delantales. El ruido incesante que producen por el recinto es un recordatorio deprimente.

## Julio 30

Esta noche Babbie bajó a la sala de asueto a mirar la televisión y yo me siento celosa. ¿Voy a perder los estribos porque una niña le dé cariño a una vieja que compartirá con ella su paquete de cigarrillos? No puede ser. No puedo caer en esto.

## Julio 31

Hoy, al salir de la escuela, hemos ido a la sala de terapia de grupo para recibir el tratamiento que nos aplicamos. Escuchar a los chicos ha sido muy interesante. Me moría de ganas de preguntarles cómo se sintieron al llegar aquí por primera vez, pero no dije ni pío. Rossie se mostró muy afectada porque tenía la sensación de que los demás la ignoraban, pero todos le dijeron que tenía mal carácter, que la gente la rehuía precisamente por su afán de acaparar amistades, por su tendencia a pegarse a la gente, etcétera. Al principio ella se indignó y soltó alguna palabrota, pero antes de acabar la sesión ya se había comprendido mejor, por lo menos así parecía.

Luego se discutieron otros casos, por ejemplo: los que «se nutren de sus propios problemas», y esto resultó muy interesante. Quizás el tiempo que pase aquí me convierta en una persona más capaz.

Después del tratamiento, el presidente del grupo, Carter —cada seis meses se elige presidente del grupo por votación— se sentó a hablar conmigo. Me pidió que expresara libremente mis temores y obsesiones a fin de poderlos analizar. Añadió que guardándolos dentro de uno se agrandan y se deforman. Dijo también que cuando llegó aquí estaba tan asustado que perdió la voz durante tres días, era físicamente incapaz de articular palabra. Fue enviado a este centro porque en ningún otro lugar conseguían manejarlo. Había estado en reformatorios y otras instituciones análogas, tantas veces, que había perdido la cuenta, pero la idea de ser internado en un asilo mental le sacaba de sus casillas. Me informó que podríamos salir del Grupo Dos si hacíamos progresos y demostrábamos capacidad de control. En dos ocasiones había formado parte del Grupo Uno, pero lo expulsaron por su mal genio. Dijo también que el Grupo Uno preparaba una excursión dentro de dos semanas, una salida en autocar a unas cuevas de montaña. ¡Cómo me gustaría ir! Debo salir de aquí. Es preciso que salga de aquí.

*Agosto 1*

Hoy he recibido la visita de mis padres. Todavía creen en mí y papá ha ido a ver a Jan; tiene la impresión de que muy pronto conseguirá, por lo menos, que ella se retracte de su declaración, en la que me acusó de intentar venderle droga.

Estoy satisfecha del grupo de tratamiento. A lo mejor todavía saco algo de este lugar, en vez de que me destruya.


*Agosto 2*

Hoy he tenido consulta con el doctor Miller y me parece que también me cree. Da la impresión de estar encantado de mi deseo de dedicarme a un trabajo social en el futuro, pues esta clase de actividad es muy necesaria. Me sugirió que preguntase a algunos de los chicos sobre sus antecedentes. Esta tarea podría ayudarme a penetrar mejor en el interior de la gente, pero me advirtió que no me dejase impresionar por algunas de las cosas que descubriría. Todavía cree que en este mundo hay cosas que pueden asombrarme. Es bueno que ignore la totalidad de mis antecedentes, aunque, ¿los ignora?

Al principio me creí demasiado tímida para abordar directamente a los chicos y pedirles que me hablaran de ellos, pero el doctor contestó que si yo les explicaba el motivo de mi encuesta todos me ayudarían. Todavía no estoy muy segura de que yo quiera, realmente, fisgonear en las vidas ajenas, porque tampoco estoy segura de que yo les hablara de la mía. Quizá sí, omitiendo lo peor.

Esta noche miré un rato la televisión, pero sólo hay seis jóvenes en el pabellón y treinta señoras mayores, y como los programas se eligen por votación, son ellas las que ganan, naturalmente. Será mejor dedicarme a leer o a escribir. Trato de hacer leer a Babbie, y si le insisto tal vez mañana saque un libro de la biblioteca del centro juvenil. Le ayudaría; la sacaría de sus cavilaciones si logra concentrarse en la lectura. Su trabajadora social hace gestiones para enviarla a un centro de tutela, pero con sus antecedentes no será fácil y, al parecer, sus padres no la quieren más en casa. ¿No es triste?

*Agosto 3*

Hoy hemos tenido un día hermoso, cálido y perezoso. Tendidos sobre el césped conseguí animar a Tom ———, del grupo masculino de mi pabellón, para que me contara por qué está aquí. Tom es un muchacho guapo, agradable, extremadamente musculado. Tiene quince años y es una de esas personas con las cuales uno se siente automáticamente a sus anchas. Me dijo que procede de una familia unida, sólida, acomodada y que en su último curso de secundaria fue elegido, por votación, el chico más apreciado de la escuela. Si en la nuestra se hubiese aplicado este procedimiento a mí me habrían elegido como la mayor idiota.

Sea como sea, la primavera pasada Tom y tres de sus compañeros oyeron hablar de esa droga que se inhala y creyendo que sería muy estimulante compraron un par de tubos y la probaron. Dijo que todos sintieron la descarga y que fue algo formidable. Su mirada, al decirme esto, me indicó que seguía considerándolo formidable. Hicieron un jaleo tremendo gritando y rodando por el suelo, y el papá de uno de ellos les ordenó que se calmaran. No sospechó siquiera por qué estaban en aquel estado. Pensó, sencillamente, que estaban peleándose, como

179

de costumbre. Una semana más tarde, los mismos chicos probaron el whisky de papá, pero no les gustó tanto y vieron que era más difícil conseguir whisky que marihuana o droga en comprimidos. Dijo lo que ya he comentado aquí, que los padres nunca echan a faltar sus comprimidos para adelgazar, sus tranquilizantes, sus medicinas contra resfriados, sus píldoras estimulantes, sus píldoras para dormir o cualquiera de esas cosas que pueden dar una «sacudida» a los chicos cuando no tienen a mano algo más fuerte. Así comenzó pero al cabo de seis meses necesitó tanto dinero que tuvo que buscarse un trabajo. Solicitó un empleo en el sitio más indicado: un *drugstore*. El gerente tardó bastante tiempo en darse cuenta de lo que ocurría con los comprimidos de reserva. Cuando lo descubrió echó a Tommy a la calle para ahorrarle un disgusto a la familia. No se dijo una palabra a nadie, pero Tommy y el gerente del *drugstore* sabían muy bien lo que pasaba. Sin embargo, a Tommy no le preocupó mucho verse despedido porque ya se había entregado a las drogas fuertes y todo le tenía sin cuidado. Un amigo le presentó a Smack y empezó a revender droga entre los escolares, a fin de mantenerse. Y acabó en este centro. A mi juicio todavía está «tocado», pues incluso ahora, sólo hablar de drogas le pone en estado de euforia. Noté que Julie, sentada junto a nosotros, tuvo casi la misma reacción. Es como ver bostezar a alguien; se contagia y sientes necesidad de bostezar. Estoy contenta de no haber notado nada, pero no debí haberle interrogado, fue realmente deprimente constatar que tanto él como Julie sólo esperan salir de aquí cuanto antes para volver a la droga.

Odio este lugar. El sucio cuarto de baño apesta a orina; las pequeñas jaulas donde encierran a la gente que se desmanda... Una vieja dama incendiaria está casi siempre en una de las jaulas y no puedo soportarlo. La gente es lo peor que hay aquí.

*Agosto 4*

Hoy fuimos a nadar. Al regresar me senté en el autocar junto a Margie Ann y me dijo que no quiere salir de aquí; que todos los chicos la esperarían para obligarla a drogarse de nuevo y ella sabe que no podría negarse. Luego, mirándome fijamente, propuso: «¿Por qué no "despegamos" tú y yo, las dos solas? Yo sé cómo conseguir una "mezcla" en un minuto».

*Agosto 5*

Hoy he recibido de nuevo la visita de mis padres y me han traído una carta de Joel, en diez folios. Mamá quiso que la leyera inmediatamente, pero preferí dejarlo para más tarde y leerla a solas. Es algo tan especial para mí que no quiero compartirlo con nadie, sólo contigo, Diario mío. Además, creo que estoy algo asustada, pues papá le ha contado toda la verdad a Joel, al menos todo lo que él conoce. Esperaré y abriré la carta más tarde.

Papá me informó además que por fin logró que Jan firmase, ante notario, que yo no introducía droga en la escuela. Ahora, ella y papá tratan de que Marcie se retracte igualmente de su previa declaración. Si lo consiguen, papá está seguro de sacarme de aquí muy pronto.

Tengo miedo de hacerme ilusiones, pero no puedo evitarlo. La idea de que aún hay esperanza en este sitio, el más desesperanzado de todos, me hace llorar.

*Más tarde*

La carta de Joel es formidable. Temí leerla, pero ahora estoy contenta de haberlo hecho. Es la persona más cariñosa del mundo, la más compasiva, tolerante, encantadora y comprensiva. Se me hace largo esperar el otoño, en que estaremos juntos de nuevo. Sé que no volveré a tener problemas de droga, pero soy tan débil, tan poco madura, tan infantil, tan poco práctica, tan insegura, que me costará mucho trabajo conseguir que Joel esté orgulloso de mí. ¡Cuánto deseo que estuviera ahora a mi lado! ¡Cómo me gustaría ser tan fuerte como el resto de mi familia! ¡Lo deseo tanto, tanto, tanto!

*Agosto 8*

¡Oh, día glorioso; maravilloso, fabuloso, increíble, fantástico día! Día con pájaros, y cantos, y sol y flores. No puedo expresar mi dicha. Salgo de aquí. Me voy a CASA. Hoy se firma el papeleo y mañana vienen a recogerme papá y mamá. Mañana está a una eternidad de distancia. Quisiera gritar mi júbilo, pero me encerrarían de nuevo a cal y canto. La verdad es que soy injusta hablando de este sitio. Con todo lo horrible que es, peor sería la «detención escolar». Dice Kay que si la hubieran mandado a DE (detención escolar) habría aprendido todas las perversidades. Aquí se aferra a lo que ya conoce. Debe ser así para todos nosotros.

Me parece increíble volver a casa. Alguien me está protegiendo desde el cielo. Probablemente es mi viejo y querido abuelito.

*Más tarde*

No lograba conciliar el sueño y, despierta, me puse a pensar en Babbie. Me siento culpable de irme dejándola aquí. Tal vez cuando me encuentre bien del todo y la pesadilla de mi vida se vaya borrando, podamos venir a buscarla. Pero esto es una reflexión pueril. Las cosas no ocurren así en la vida y es una lástima. Ya no puedo pensar más en esto.

*Agosto 9*

Por fin y para siempre estoy en casa. Tim y Alex se alegraron tanto de verme que se me caía la cara de vergüenza por todo lo que les he hecho en estos meses. Luego, cuando llegó la gata Felicidad a lamerme la cara y las manos, pensé que mi madre iba a estallar en llanto y casi me alegré de que los abuelitos no vivieran para presenciarlo.

Papá debió darse cuenta de mi estado de ánimo, pues ha sido sumamente cariñoso conmigo. Querido, querido papá: él siempre se da cuenta da todo. Y después de una breve conversación propuso que me fuera a dormir un poco, lo que acepté de mil amores, pues deseaba ardientemente estar completamente sola en mi cuarto, con mis encantadoras cortinas, el papel de mis paredes, mi propia cama y sentirme en mi hogar rodeada de mi admirable y estupenda familia. ¡Cuánto les agradezco que no me odien, porque, en muchos aspectos, yo me odio!

*Agosto 10*

Son las dos de la madrugada. Acabo de vivir la sensación más dulce de mi vida. He tratado de rezar de nuevo. En realidad, quería darle gracias a Dios por sacarme de allí y traerme a casa, pero luego me puse a pensar en Jan y en Marcie y, por primera vez, quise que Dios las ayudara también. Deseé sinceramente que se repongan totalmente y no tengan que acabar en un hospital mental. Te lo ruego, Dios mío; haz que se curen del todo. Ayúdalas, te lo suplico, y ayúdame a mí también.

*Agosto 12*

A papá se le presenta la ocasión de ir dos semanas al Este para terminar un curso. ¿No es maravilloso? No lo será para el profesor ———, naturalmente, pues ha tenido una crisis cardíaca, pero deseo que se mejore. De todas maneras, papá lo sustituye de urgencia y vamos a instalarnos todos en su lujosa casa. ¿No es fantástico?

*Agosto 14*

En el albergue donde hacemos noche les queda una sola habitación con dos camas, de modo que Alex y yo disponemos de una, papá y mamá de otra, y Tim tendrá que dormir sobre el suelo, pues ni siquiera les quedan catres. A él no le molesta, ya que así cree acampar al aire libre. Tenemos que echar suertes a cara o cruz para ver quien entra primero en el baño. Yo he sido la última, pero no importa, así he podido escribirte.

Todo sería absolutamente perfecto si Joel estuviera aquí. Es lo único bueno que le falta a nuestras vidas aunque, con uno más, ¡qué barullo!: todos en un cuarto, y con un solo baño sin estar casados siquiera. Si lo estuviésemos, acaso sería todavía más embarazoso, pero no pensemos en esto. En mi vida no volverá a haber sexo mientras no haya aceptado a un hombre «en la dicha y en la desgracia, hasta que la muerte nos separe», e incluso separados por la muerte creo que seguiríamos juntos. No puedo concebir que un Dios justo pueda separar una pareja que se ama, incluso una vez en el cielo. La abuelita y el abuelito, papá y mamá no serían felices sin estar juntos. Estoy segura de que la abuelita murió porque no pudo soportar la separación. No tenía nada grave, pero era incapaz de seguir viviendo sin el abuelo.

No estoy muy segura de que mamá haya besado nunca a otro hombre distinto a papá, o quizá me equivoque, pues en alguna ocasión él le hace bromas sobre un tal Humphrey, aunque sé que con ese Humphrey no tuvo relación sexual. En tiempos de papá y mamá los chicos y chicas no debían abusar de esas cosas. Ojalá fuese igual hoy. Sería más fácil mantenerse virgen, casarse y averiguar después lo que es la vida. ¿Cómo será para mí? Podría ser formidable porque, prácticamente, soy virgen; sólo drogada he tenido relación sexual y estoy segura de que sin drogas me volvería loca de miedo. Cuando me case con alguien verdaderamente amado espero poder olvidar todo lo pasado. ¡Hermosa reflexión! ¿No crees?: acostarse con el ser amado.

Debo irme. Ha llegado mi turno para bañarme. Hasta otra.


*Agosto 17*

Ya estamos instalados. Papá empieza hoy a dar clases y esta tarde vamos a dar un vistazo a la ciudad. Llegamos de noche, pero el barrio es increíble: todo es reluciente, verde y fragante. ¡Qué feliz me siento aquí! Todos estamos cansados. Dos días y una noche en coche nos ha puesto en vilo, y aunque a veces era agradable y divertido ver el paisaje, estamos contentos de haber llegado. Papá dice que al volver a casa no tendremos tanta prisa, y hasta podría ser que nos detuviésemos en Chicago a ver a Joel. Sería fantástico.

*Agosto 20*

¿Me imaginas en un té universitario?, pues he ido y, pásmate todavía: me ha gustado, aunque fuese un poco estirado. Estoy envejeciendo.

Hasta pronto.


*Agosto 22*

Mi aspecto no es precisamente de maravilla. Al parecer, ayer toqué alguna planta venenosa y hoy se me nota. Esta clase de arbustos es rara por aquí, pero tenía que ser yo quien la encontrara. Estoy toda roja e hinchada y me pica todo el cuerpo. De tan inflados, los ojos se me han cerrado casi por completo. ¡Qué facha tengo! Vino el doctor y me puso una inyección, pero no parece muy animado. ¡Qué lata!


*Agosto 24*

No sabía que la viruela loca fuese tan contagiosa, pero ahora Alex la ha cogido de mi ropa o de lo que sea. No está tan mal como yo, pero el picor le causa mucha desazón. Vinieron de la universidad a preguntarme si había tropezado con algún matorral nocivo, con objeto de destruirlo, pero no tengo la menor idea.

*Agosto 27*

¡Hurra! Vamos a Nueva York para el fin de semana. Mamá, Tim, Alex y yo tomamos el tren mañana y no volveremos hasta el lunes. ¿No es fantástico? Todas esas tiendas y otras cosas... Estoy impaciente. Mi viruela loca me ha dejado sólo unos puntos rosados que estoy segura podré tapar con maquillaje. Tomamos el tren a las siete y cuarto de la mañana, y papá dice que puedo comprarme muchas novedades para la escuela. ¡Hurra, hurra!

*Agosto 29*

Manhattan es increíblemente cálido y asfixiante. Mientras uno está en los grandes almacenes todavía se aguanta, pero una vez en la calle tienes la sensación de andar sobre un horno. El calor emana de las aceras en nubes enormes, y no comprendo cómo puede soportarlo la gente que vive aquí. Joel dice que en Chicago es igual, pero me cuesta creerlo. De todos modos, la mayor parte de la mañana la pasamos haciendo compras en Bloomnigdale, y por la tarde, para huir del calor, fuimos a ver una película en Radio City.

Cometimos el mayor error tomando el «metro». Estaba tan abarrotado de gente que parecíamos col agria prensada en un frasco, y olíamos igual. Una vieja gorda se agarró a la argolla del techo junto a mí y su vestido sin mangas dejó al descubierto un increíble nido en el sobaco. Ha sido el paisaje más apestoso que he visto. Espero que Tim no lo haya notado, porque de lo contrario habrá tomado asco a las mujeres para el resto de su vida.

Mañana visitamos el Museo de Arte Moderno y un par de cosas más. No creo que nos quedemos hasta la noche del domingo porque mamá está tan incómoda como nosotros.

*Septiembre 2*

Finalmente no vamos a pasar por Chicago. En la universidad hacen cambios de personal docente y papá tiene que regresar. Había ofrecido detenernos brevemente en Chicago para no decepcionarme, pero yo no puedo aceptar el esfuerzo, además, dentro de unas semanas veré a Joel, y todavía no somos novios ni nada. ¡Eso quisiera yo!

*Septiembre 4*

Conducir todo un día y casi una noche de un tirón le deja a uno para el arrastre. Papá no puede con su alma y Alex no hace sino retorcerse. Me gustaría poder ayudar con el volante, pero papá se opone terminantemente a que conduzca sin el permiso correspondiente. Voy a sacarlo en cuanto pueda.

*Si encontramos otra cartelera por la carretera voy a perder el juicio.*

*Septiembre 6*

Por fin llegamos a casa. El pobre papá tiene que ir a su tarea en la universidad y sé que está hecho polvo. Si a mi edad me encuentro tan cansada no comprendo como él puede dar un paso. Mamá trajina por la casa, jovial como un pajarillo, pero supongo que es por el hecho de estar en su hogar, hogar, HOGAR: ¡qué palabra más hermosa, maravillosa, divina y adorable!

También yo empiezo a sentirme muy bien. Hace apenas unas horas ninguno de nosotros creía poder vivir unos minutos más, pero ahora hemos recobrado aliento. Alex ha volado a casa de Tricia a recoger la gata y los gatitos, y Tim ya está haciendo chapuzas en su «asqueroso cuarto», como lo llama Alex. Yo hago lo que más me gusta: disfrutar a mi antojo de mi adorable habitación, con mis libros y los cachivaches de mi pertenencia. Me cuesta elegir entre tocar el piano, quedarme enroscada sobre un buen libro o hacer una adorable siesta. Creo que optaré por la siesta.

*Septiembre 7*

Hoy he conocido a Fawn —————— en los almacenes y me ha invitado para que vaya esta noche a bañarme en su piscina. ¿No es maravilloso? Quizás este año pueda volver con los chicos normales y entonces los drogadictos no se atrevan a molestarme. ¿No sería perfecto? En cualquier caso, Fawn y sus hermanas forman un ballet acuático, y como no soy muy buena nadadora, ella ha prometido enseñarme. Confío en que no me ahogue ni dé con la cabeza en el fondo de la piscina.

*Septiembre 10*

No sé por qué tengo que ser tan insegura y asustadiza. Hace muy poco que conozco a Fawn y ya casi me siento celosa de sus amigos. Creo que son tan gentiles como mordaces y que en realidad no me quieren con ellos, lo cual es bastante estúpido, puesto que continuamente me invitan a salir. Sospecho que no soy más que una inestable. Sólo espero que ninguno de ellos haga caso de todos esos rumores que circulan sobre mí. En realidad ignoro con quién han hablado Jan y Marcie y todos esos drogadictos, pero confío en que no lo hayan extendido por toda la escuela. ¡Oh!, espero que no me lastimen de nuevo. Me pregunto si todas las chicas son tan tímidas como yo. Si sospecho que un chico quiere invitarme, me siento morir, y si lo intenta, entonces desearía desaparecer.

Al igual que la noche pasada. Estábamos todos nadando, cuando de pronto irrumpió un grupo de chicos, y el padre de Fawn, que es realmente encantador, les invitó a entrar para que tomaran un poco de ponche. De este modo iniciamos una pequeña juerga, para entretenernos; entonces regamos todo el patio con la manguera y bailamos sobre el cemento mojado. Fue muy divertido, y sospecho que yo debía estar algo mona, pues Frank ———— me invitó a salir con él. Después quiso acompañarme a casa, pero yo me quedé para ayudar a Fawn a limpiar un poco. Sin embargo, sospecho que la verdad es que nunca más voy a interesar a los muchachos. Mamá dice que únicamente se debe a que de nuevo me siento asustada e insegura. Espero que ella esté en lo cierto. ¡Confío en que así sea!

*Septiembre 11*

Fawn me llamó esta mañana. El viernes quiere celebrar una fiesta e invitar algunos muchachos. Esta tarde iré a ayudarla a planearlo todo, pero preferiría no meterme en esto. *Wally la sacó anoche* y hoy se va al cine con él. Me gustaría más que no fuera. No sé por qué me preocupa Fawn, puesto que tiene unos meses más que yo, pero opino que los chicos están en el origen de la mayoría de los problemas. Por lo menos así ha sido en mi caso, lo cual posiblemente sea una enorme mentira. De todos modos, esta mañana leí un artículo sobre personalidad y responsabilidad, en el cual se decía que los chicos que no están autorizados a tomar decisiones por sí mismos nunca maduran, y que tampoco lo logran aquellos que han de tomarlas sin estar aún preparados para ello. No creo encontrarme entre ninguna de las dos categorías, pero la idea es interesante. Hasta luego.

*Septiembre 16*

A ver si lo adivinas: la señora ———, mi vieja profesora de piano, me ha llamado pidiéndome que sea solista en el recital de sus alumnos más destacados. Quiere, incluso, conseguir la pequeña sala de conciertos de la universidad, darle publicidad y poner mi foto en la portada del programa. Por supuesto, sabe lo ocurrido con mis manos, pero la velada no sería hasta el otoño. ¿No es emocionante? Ignoraba que yo fuese tan buena pianista. Verdaderamente y honradamente lo ignoraba. Una de estas noches quiere hablar conmigo y con mis padres para discutir la idea en su conjunto, pero te digo, francamente, que aún me parece estar soñando. No puedo creerlo. Practico todos los días, es cierto, y a veces toco sólo por el gusto de tocar, si no tengo otra cosa que hacer, y ello es debido principalmente a que no me gusta la pequeña pantalla, en especial lo que quieren ver Alex y Tim; además, no voy a estar siempre leyendo. En verdad no me daba cuenta de que tocaba tan bien. Los demás chicos y chicas quizá consideren que esto es una estupidez. Ahora no quiero estropear mis relaciones con ellos, particularmente cuando empiezan a ser tan formidables. Creo que será mejor esperar y hablar de ello con Fawn, aunque lo haré después de su fiesta. En este momento es lo único que le interesa.

*P. S.:* Recibí la carta más cariñosa de Joel; está impaciente por verme. Yo no le dije que a mí me pasa lo mismo, pero estoy segura de que lo sabe.

*Septiembre 17*

¿Sabes una cosa?, me ha llegado la regla. Ahora deberé tenerlo en cuenta. ¿Se enojaría mi madre si comprara tampones en vez de paños higiénicos? Seguramente sí, de manera que será preferible no correr el riesgo. Pero esto complica las cosas para la noche de mañana. ¡Oh, qué más da! Puedo llevar mis nuevos pantalones y mi nueva casaca, pero realmente es una lata. ¡Bah!, pero ¿qué puedo hacer? Será mejor que me lo tome alegremente, ¿no? Buenas noches.

*Septiembre 18*

Esta mañana observé el cielo y me di cuenta de que el verano casi se ha ido, y esto me puso triste porque diríase que ni siquiera lo hemos visto. Oh, yo no quisiera que se acabara. No quiero envejecer. Tengo este necio temor, querido amigo: el temor de ser vieja sin haber sido nunca joven de verdad. ¿Podría ocurrir tan de prisa o es que he malgastado mi vida? ¿Crees que la vida puede pasar de largo sin que la vea una? Sólo de pensarlo se me pone la piel de gallina; siento escalofríos.

¡Ah, qué boba soy! Mañana es el aniversario de papá y lo había olvidado por completo. Tim y mamá hicieron un plan para celebrarlo en familia, pero yo estuve tan ocupada con Fawn y los demás que no quisieron molestarme con los detalles, lo que te demuestra, querido Diario, quién es el lastre de la casa. Pero, vaya, no resuelve nada mortificarme. Tendré que inventar algo superespecial para papá y darles una sorpresa a todos. Hasta luego.

## Septiembre 19

Mamá tenía razón: mis presentimientos sobre la fiesta de Fawn eran completamente ridículos. Fue estupendo, estupendo, estupendo. Los padres de Fawn son verdaderamente agradables y todos los chicos realmente formidables. Jess ———— será presidente del Consejo de estudiantes en el curso próximo, y Tess es la novia del presidente, y Judy, y todos los demás... Hace apenas un año recuerdo que los consideraba una banda de pelmazos aburridos, pero ahora espero que me den otra oportunidad y no me rechacen.

Sospecho que si yo fuese realmente una persona madura tendría que admitir que tarde o temprano, alguien empezará a decir que fui recogida del arroyo, aunque de esto haga siglos; luego, los padres de algún chico decente le dirán a su hijo que no pierda el tiempo conmigo, pues podría destruir su reputación. Y cada uno de los chicos decentes se preguntaría cómo soy interiormente, y al enterarse de que fui internada en un hospital mental ya puedo imaginar lo que pensarán de mí en su fuero interno y lo que me dirán. Siendo más de novecientos los chicos y chicas de la escuela, podría muy bien pasar de un bando al otro, y si me dejan puedo hacerlo. Y yo puedo. ¡Por favor, no lo impidan!

Quizá debería ser honesta sobre esta cuestión, contárselo todo a Fawn y a sus padres. ¿Crees que me comprenderían? A lo mejor sólo nos sentiríamos todos más turbados. Sé que, tarde o temprano, tendré que contarle a Fawn lo del hospital. Ya me ha hecho alguna pregunta sobre mis manos y considero indecente seguir engañándola.

¡Si por lo menos yo supiera qué debo hacer! Si conociera alguien con experiencia en estos menesteres no estaría aquí, devanándome los sesos, preocupándote a ti y a mí misma. Me dirían, sencillamente: «Deberías hacer esto; deberías hacer lo otro». Estoy segura de que mis padres todavía saben menos que yo de estos asuntos. Procuraron que se hiciera todo lo más discretamente posible y ni siquiera sus amigos más cercanos deben saber lo ocurrido. ¿Por qué será tan difícil la vida? ¿Por qué no podemos ser como somos y que nos acepten como tales? ¿Por qué no puedo ser yo, sencillamente, tal como soy ahora, sin necesidad de concentrarme, de mortificarme sobre mi pasado y sobre mi futuro? Me da rabia ignorar si mañana caerán o no caerán sobre mí, Jan, Lane, Marcie y los otros. A veces quisiera no haber nacido.

¿Qué pensaría de mí el escrupuloso Frank si conociera verdaderamente mis interioridades? Seguramente echaría a correr como un conejo asustado o creería fácil conseguir de mí, inmediatamente, lo que se le antojara. Y sólo podría antojársele una cosa.

¡Ah, si al menos pudiera dormir! Es extraño como pasa el tiempo, tan velozmente que ni siquiera puedes ir a su ritmo; así ha sido en las dos o tres últimas semanas. Horas, minutos, días, semanas y meses se funden convirtiéndose en una mancha borrosa y fulgurante. Hoy es el aniversario de papá y mañana el mío. Hace un siglo, probablemente ya estaría casada, criando hijos en alguna granja remota. Afortunadamente, estas cosas ya no ocurren con tanta rapidez hoy en día. Pero, en todo caso, debo empezar a comportarme y a pensar más como un adulto.

*Más tarde*

Después de comer me fui corriendo a comprar un jersey sin mangas para papá. Estoy segura que le gustará, pues en el escaparate del señor Taylor vio algo parecido y dijo que le sería muy útil para trabajar en el despacho, donde no le gusta llevar chaqueta. Ahora ya sólo me falta terminar el poema y por fin habré hecho algo bien. Me pregunto si la vida será tan explosiva y confusa para los demás. Espero que no, pues no quisiera ver a nadie en líos como éste.

No sé si esta noche celebrarán el aniversario de papá con el mío o si, por el contrario, tienen la intención de hacerlo por separado y otro día. Dos pasteles de aniversario en una semana podrían enfermar a cualquiera.

¡Otro cumpleaños! Casi seré una vieja o, por lo menos, ya no seré quinceañera. Me parece que fue ayer cuando era niña.

*Septiembre 20*

Apenas había abierto los ojos cuando me llamó Frank invitándome a salir esta noche, pero le dije que estaría ocupada con mi familia todo el fin de semana. Pareció defraudado, pero creo que no lo puso en duda. De todas maneras, no tiene importancia; de la cocina hasta mi cuarto llega el olor a tocino frito y tengo un hambre feroz. Hasta luego.

*P. S.:* El cumpleaños de papá ha sido soberbio. Todo el mundo ha estado cariñoso y atento. Lo pasamos estupendamente, pero ya te contaré más tarde.

*P. P. S.:* El jersey y mi poema le encantaron. Pienso que le gustó especialmente el poema, pues lo escribí particularmente para él. Cuando lo leyó en voz alta incluso se sonó la nariz.

*Más tarde*

Toda la familia está conspirando y la casa se ha llenado de fragancias culinarias que hacen la boca agua, como si guisaran algo para reyes y exóticas princesas. ¿Qué estarán fraguando? Ni mamá, ni Tim, ni Alex me dejan entrar en la sala. Me ordenaron subir a mi cuarto, bañarme, peinarme y no bajar hasta haberme convertido en la criatura más bella del mundo. No sé cómo creen que voy a conseguirlo, pero será divertido intentarlo.

*Más tarde todavía*

A que no adivinas lo que pasó: Joel estuvo aquí. Yo sabía que se inscribiría con retraso a causa de su trabajo, pero... Bueno, todavía no me lo creo. ¡Ah, el tacaño! Ha estado cuatro días enteros por aquí y yo tuve que encontrármelo en la sala al llegar a casa esta tarde, con mis viejos pantalones y la camisa de papá, la más raída y sudada, con manchas de pintura blanca. Al verme con esa facha quiso dar media vuelta y regresar a Chicago, pero, gracias a Dios, subí a cambiarme de ropa, me puse mi vestido blanco y calcé nuevas sandalias. No podía creer que era la misma persona. Tim y papá se echaron a reír diciendo que habían tenido que atarlo a una silla para que no escapara cuando me vio entrar la primera vez.

Anoche fue divertido, divertido, y espero que todo aquello lo dijeran en broma. De todos modos, cuando Joel me besó en los labios en presencia de toda la familia y me apretó hasta hacer crujir mis huesos como leña seca, fue algo maravilloso pese a sentirme un poco turbada.

Lo habían planeado durante todo el verano y yo que creí que mi aniversario iba a consistir en las migajas del de papá... No sólo fue especialmente concebido para mí, sino que resultó el mejor cumpleaños de mi vida. Joel me ofreció un anillo esmaltado de blanco con pequeñas flores alrededor y lo llevaré hasta que me muera. Ya lo tengo puesto y es verdaderamente encantador. Papá y mamá me regalaron una chaqueta de piel que yo estaba deseando desde hacía tiempo. Tim me ofreció un chal y Alex un dulce de cacahuete que se comieron Joel, papá, y Tim para desquitarse, pues el pastel del aniversario de papá me lo comí casi todo yo. ¡Graciosa Alex!; sabe hacer el dulce de cacahuete mejor que mamá y que yo misma. Ella lo sabe, pero no nos dará la receta. Debe haber salido tan bueno porque la dulzura que ella posee se habrá derramado sobre los cacahuetes.

Sólo pude estar a solas con Joel unos diez minutos, sentados en la escalera de la entrada antes de que papá lo condujera a su residencia. Olvidé incluso preguntarle dónde era, ¡teníamos tantas cosas que contarnos! Estoy segura de que me quiere a su manera, tranquila, suave, gentil, duradera. Casi toda la noche nos dimos la mano, pero esto no significa gran cosa, pues Alex le retenía la otra y Tim trató de llevárselo para enseñarle lo que había coleccionado durante el verano.

Bueno, si mañana debo levantarme temprano y afrontar la escuela será mejor que duerma un poco. Además, quiero soñar el adorable día de hoy y el mañana más adorable aún, y los días sucesivos, todavía más adorables.

*Septiembre 21*

Me desperté antes de que sonara el despertador. Son las cinco y cinco solamente y dudo que haya otra persona despierta en todo el barrio, pero yo estoy tan desvelada que apenas lo soporto. Creo sinceramente que en mi interior estoy apabullada, asustada de ir a la escuela, pero la razón me dice que todo saldrá bien porque tengo a Joel y a mis super-decentes amigos para ayudarme. Además, estoy más fuerte que antes. Lo sé.

Pensaba adquirir otro Diario cuando tu estés lleno; incluso creí que toda mi vida llevaría un Diario. Pero ahora me parece que no lo haré. Los Diarios son formidables cuando una es joven. Tú me has salvado de la locura cien, mil, millones de veces, más creo; sin embargo, que cuando una envejece ha de ser capaz de discutir sus problemas e ideas con otra gente, en vez de hacerlo con una parte de sí misma. Y tú has sido esto para mí. ¿No te parece? Espero que sí, pues eres mi amigo más querido y te agradeceré eternamente que hayas compartido mis lágrimas y penas del corazón; mis luchas y porfías; mis alegrías y felicidades. En cierto modo, todo ha ido bien, ¿no crees?

¡Hasta la vista!

# Epílogo

La autora de este libro murió tres semanas después de haber decidido no llevar otro Diario. Sus padres llegaron del cine y la encontraron muerta. Llamaron a la policía y al hospital, pero ya no pudieron hacer nada.

¿Fue un accidental exceso de droga? ¿Una sobredosis premeditada? Nadie lo sabe y, en muchos aspectos, la cuestión carece de importancia. Lo que ha de inquietar es que murió y que fue una más, entre miles, de las que la droga mata cada año.